PASSE-TEMS

DES MOUSQUETAIRES,

OU

LE TEMS PERDU.

*PAR M. D. B**.*

A BERG-OP-ZOOM.

M. DCC. LV.

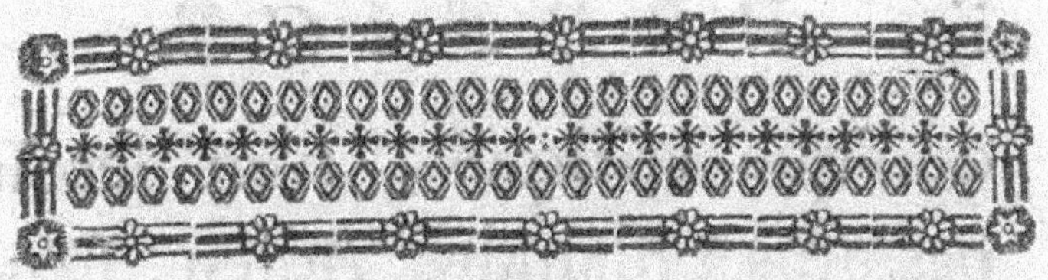

PRÉFACE.

J'AI intitulé mon Ouvrage, le *Paſſe-Tems des Mouſque-taires*, parce que quelques-uns de ces Meſſieurs ont eu de l'indulgence pour ce Recueil, & que leur bon goût paroît me flatter de quelques ſuccès. *Le Tems Perdu* eſt un titre qui lui convient encore mieux. J'ai perdu mon tems à le faire ; d'autres perdront le leur à le lire ; & je ſouhaite que tous les François ſoient de ce nombre. L'Auteur,

a

quoique critiqué, n'en seroit pas plus à plaindre. Adieu, Lecteur, les Préfaces courtes sont les meilleures. La mienne doit te plaire.

LE

LE
TEMS PERDU.

LA CONFESSION
REVELÉE.

Eune Fillette est toujours aux
    écoutes;
Un mot lâché par-ci par-là
Peut à huit ans faire naître des
    doutes
Qu'avant treize on éclaircira.
Cette maxime est toujours bonne;
Et quoiqu'étrangere au sujet,
Quand elle produit son effet,
C'est à propos qu'on nous la donne.
Une Mere sage, dit-on,
(Le beau meuble dans un ménage!)
N'eût pas sorti de la maison
Sans mener avec soi Fanchon,

A

Unique fruit d'un tendre mariage.
     Fanchon étoit de ces Enfans
     Dont on ne voit guere à huit ans,
Et n'en avoit pourtant pas davantage.
Or sur le cœur ayant je ne sçais quoi
La Mere alla tout de suite à confesse :
     Au sexe ordinaire foiblesse :
Et conduisit sa Fillette avec soi.
Vraiment, l'Eglise est un fort bon endroit,
Et l'on fait bien d'y mener les Fillettes,
Mais seulement celles qui sont jeunettes ;
Car sot qui là des autres répondroit !
     La Dame donnoit sa pratique
Aux Cordeliers : c'étoit son pis-aller :
Si-tôt venue, elle fait appeller
     Un vénerable Séraphique.
     Le Réverend Pere *Frottemal*,
     Confesseur de cette bonne ame,
Ne la fit pas attendre au Tribunal :
A peine il sçut que c'étoit une femme,
Qu'il se rendit au Confessionnal.
     Par menus faits, mainte vétille
     La Maman commença d'abord :
     Des femelles c'est-là le fort :
     Bien-tôt quittant la Peccadille,
Elle accusa quelque chose de plus :
     Et coups de langue, & calomnies,
     Et des femmes autres manies :
Ensuite cas au bon homme inconnus,
     Et puis certain petit mystere,

Tant, & si bien, que d'un bon adultere
La Magdeleine enfin se confessa.
     Peut-être dans ce péché-là
Le Cordelier reconnut son ouvrage :
Car on m'a dit que d'un tel badinage
Le Pere gris quelquefois se mêla.
     Un Cordelier par-tout fourage,
     Il est Huissier-né des Amours :
Il donne exploits, assigne, saisit, gage
     Dans Cithere & dans ses Fauxbourgs :
C'est un *dit-on :* je n'en sçais davantage ;
     Mais reprenons notre discours.
Fait d'adultere étoit faute assez lourde
     Pour qu'on la confessât tout bas :
Mais un peu haut la Maman dit le cas ;
     Et Fanchon qui n'étoit pas sourde,
     Et qui ce jour-là de fort près
     La talonnoit peut-être exprès,
     Entendit fort bien que sa mere
     Se confessoit d'un adultere.
     Le mot pour elle étoit nouveau,
     Et lui parut même assez beau :
     Voyez la malice à cet âge !
L'affaire faite : on part pour le ménage :
     Or la Fillette de retour,
Dit bonnement : Mais, vous venez, ma
          Mere,
     D'accuser certain petit tour
     Qui porte le nom d'adultere :
     Quel péché seroit-ce donc là ?

LA CONFESSION

D'abord la bonne ame étonnée,
Ne s'attendant pas à cela
Parut un peu déconcertée.
Elle se remit dans l'instant :
Car prissiez-vous femme sur le tems même,
C'est l'affaire d'un seul moment
Pour duper le plus prévoyant,
Et pour jouer de stratagême.
Tenez, répondit la Maman,
Adultere est fermer, ma fille,
Un peu les levres en parlant :
Défaut commun à la famille,
Et dont le Pere *Frottemal*
Par charité veut me reprendre ;
Car en effet il est fort mal
De parler sans se faire entendre.
La Curieuse par bonheur
Crut l'affaire sans conséquence,
Et bien-tôt vers son Confesseur
La Mere alla finir sa pénitence.
La jeune Enfant voulant après cela
Faire confession premiere,
A son chere Pere s'adressa
Pour l'assister dans cette affaire.
De tout mon cœur, répondit le Papa :
Et d'abord il lui suggera
Quelques fredaines enfantines ;
Comme dérober des pralines,
Vouloir courir, bouder, n'obéir pas,
N'avoir pas dit ses patenôtres,

Et pareils autres menus cas.
Oh! vraiment, j'en ai fait bien d'autres,
Dit la Fillette en rougiſſant :
Parles, reprit le Pere en badinant :
J'ai fait.... dis donc ?... un adultere....
Un adultere !.... oui, mon cher Pere....
(Le Confeſſeur en rioit à part ſoi :)
Qu'eſt-ce que c'eſt ? Mon Enfant, réponds-
        moi :
Adultere, dit la Fillette :
C'eſt fermer la bouche en parlant.
Qui te l'a dit ?... c'eſt la Maman.
Demandez-lui, la choſe eſt aſſez nette,
Je l'entendis s'accuſer de cela :
J'appris d'elle qu'un adultere
Eſt ce que je vous ai dit là.
Je le crois bien, reprit le Pere,
Que n'a-t'elle fermé, ma chere,
Autre choſe comme les dents !
Adieu : nous trouverons le tems
Une autre fois de finir ton affaire.
Or le bon homme, & j'en ſuis convaincu,
Si Fanchon n'eût révélé ce myſtere,
Eût été content & cocu :
Pourquoi Fanchon ſuivoit-elle ſa Mere ?

CHACUN SÇAIT
CE QU'IL LUI FAUT.

LE vieux Orgon à son risque & peril,
  Avoit épousé jeune fille;
  Le bon homme ! qu'en faisoit-il ?
Sa femme étoit & fringante & gentille.
Pourquoi donner à de telles enfans
  Un vieux Goutteux, qui dans deux ans
Une ou deux fois à peine les occupe ?
  Ma foi, les marier ainsi,
  C'est un meurtre : mais celle-ci
  N'en étoit du tout point la dupe :
  Ce que ne pouvoit le Vieillard,
Elle sçavoit le trouver autre part.
  Oh ! qu'il en est qui font comme elle !
  Pour revenir à notre Belle,
  Monsieur Orgon lui dit un jour :
  Tiens, voilà cent louis, m'Amour !
A tes plaisirs je ne mets point d'obstacles :
  Promenes-toi : vas aux Spectacles !
  Achetes robes & bijoux ! . . . . .
  Allez, mon cœur ! laissez-moi faire,
  Lui repart la jeune Commere,
Je sçais bien mieux ce qu'il me faut que
  vous.

LES DEUX MARIS
D'ACCORD.

JUGER en fait de cocuage,
De ta moitié, Lucas, c'eſt-là l'ouvrage.
Pour contenter là-deſſus ton deſir,
 Devant elle il faut comparoître,
 Souvent quand tu dis ne pas l'être,
Elle travaille à te faire mentir.
Ce Conte va te le faire connoître.
 Blaiſe dans un réduit obſcur
 Du Cabaret de la *Glaciere*,
Vuidoit un broc d'un gros vin ſec & put
 Avec Jean ſon Compere.
 Par trop il avoit déja bu,
 Quand il dit à Jean : Je parie
 Que ta femme te fait cocu.
 Parbieu ! je l'en défie,
Répondit Jean : & s'il en eſt, c'eſt toi.
 Blaiſe n'entendant raillerie,
 Tu te moques : qui ? moi !
 Ton erreur eſt extrême.....
Oui toi .... non, je ne le ſuis pas.....
Oh ! tu l'es bien.... tu l'es toi-même...
Si bien que par dit & redit,
Nos gens ſe piquans de paroles,

LES DEUX MARIS D'ACCORD.

Entrerent au voisin réduit
Pour qu'on jugeât le tout sans bruit.
Qu'y virent-ils ? deux jeunes drôles
Frais, vigoureux, en habits de combats ;
Et leurs femmes entre leurs bras.
Alors Blaise à ces Infidelles
S'adressant d'un ton furieux :
Que venez-vous faire donc là ? les Belles !
Vous accorder tous deux,
Lui répondirent-elles.

LA LONGUE
EPITRE.

Devant une de ses Amies
Doris lisoit confidemment
Une Lettre de son Amant,
Et sept pages étoient remplies
Des plus tendres vœux du Galant.
C'étoit un assez long ouvrage ;
Passe encore pour une page :
Mais sept ! c'est trop : l'on n'y tient pas.
Quelqu'ennuyeux pourtant que fût ce ver-
                biage,
Doris y trouvoit mille appas :
L'Amour répand sur-tout un certain avan-
                tage
Dont ses Esclaves seuls font cas :
Aussi le moindre mot lui paroissoit charmant,
Chaque ligne avoit une pose,
Chaque page trouvoit sa glose,
Tant & si bien que s'ennuyant,
L'Amie enfin dit en bâillant :
Ma foi, ta Lettre est fatigante,
Et je gagerois qu'à ton tour,
Comme moi, tu t'impatiente :

Ah ! que ton homme est long à conter son
    amour !
Un peu, lui répondit l'Amante :
Mais toujours suis-je plus contente
De le voir trop long que trop court.

LE COUSIN
DE
MADAME KERDRE.

Dans un petit Bourg d'Angleterre
Jadis vivoit certain Tendron,
Tendron au moins sexagénaire,
Et qui depuis cent ans, dit-on,
Attend sa résurrection.
Avoit-il alors pere & mere?
Je n'en sçais rien : mais oui, ou non,
Madame Kerdre étoit son nom :
Le reste n'est pas mon affaire.
La pauvre femme aimoit encor
Les douceurs du tendre mystere :
Un Amant à jeune criniere
Eût été pour elle un trésor.
Mais à son âge on n'en rencontre guere ;
Il faut chercher ces sortes de gens-là
Argent en main, car sans cela
Telle marchandise est bien rare ;
Et justement la Dame étoit avare :
Le vilain défaut que voilà !
On auroit pû lui passer sans réplique
De tendres soins.... un cœur antique,

A mon avis, peut hardiment
Brûler d'une amoureuse flamme;
Mais aussi, génereusement
Il doit sçavoir ce que vaut un Amant.
Quoiqu'à soixante ans une femme
Ait passé l'âge des plaisirs,
Il n'est pas dit qu'elle soit sans desirs:
Souvent l'Amour soutient une vieille ame.
Madame Kerdre avoit certain parent,
Jeune, aimable, & de bonne mine,
Parent éloigné, qui pourtant
Vous la traitoit bien & beau de Cousine.
Telle est la mode entre heritiers:
Il seroit beau qu'ils parlassent par *Tantes*:
Pour succéder à d'antiques parentes,
On les cousine volontiers.
Là le Milord rendoit mainte visite,
Et s'informoit quand on trouveroit bon
De dénicher de la maison,
Et de chercher dans l'autre monde un gîte.
Mais il venoit toujours en vain;
Pour le supplice du Cousin,
La Cousine étoit éternelle.
Or un jour le jeune Parent,
Un peu las débarquant chez elle,
S'alla coucher en arrivant.
Bien-tôt d'un heureux ronflement
Il fit retentir la ruelle.
Pour lui prodiguer ses faveurs,
Le Dieu des cœurs s'étoit joint à Morphée:

De quelques momens enchanteurs
L'image lui fut retracée,
Où fléchissant à la fin les rigueurs
D'une inhumaine défarmée,
Il crut d'Amour épuifer les douceurs,
Et la trace de fes erreurs
Refta fur fon drap imprimée.
Eh ! qu'importe que nos defirs
Doivent leur fuccès au menfonge !
Nous le fçavons : tous les plaifirs
Ne font qu'un agréable fonge :
Les fouhaitons-nous ; c'eft un bien :
Les goûtons-nous ; ce n'eft plus rien.
Notre Milord faifoit pendant fon fomme,
Comme j'ai dit, un rêve des plus beaux,
Quand la Parente hors de propos
Crut devoir réveiller notre homme.
Il foupira, s'étendit & bâilla :
Sa paupiere encore engourdie,
Sur la Coufine à peine fe leva ;
Nonchalamment enfuite il s'habilla
De fes exploits l'ame toute remplie.
Bien-tôt fortant de cette léthargie,
Un autre foin rappella le Coufin :
Dans fa poche il porta la main,
Et l'ayant cent fois retournée,
Dit qu'il trouvoit d'erreur une guinée.
Une guinée ! oh ! pour le coup,
Madame Kerdre en parut confternée :
Elle fe mit à la chercher par-tout,

Secoua fort la couverture,
Balaya bien, du lit ôta le bois,
Fureta dans chaque ouverture:
Peine perdue ! elle étoit aux abois:
A son parquet en vain elle fit brêche,
On n'y retrouva pas l'argent;
Dans les draps enfin regardant,
Elle apperçoit l'empreinte encore fraîche
Des plaisirs du chaste Parent:
Cet objet l'arrête un moment.....
Puisque votre recherche est vaine,
Dit alors le jeune Vaurien:
Laissez ; d'ailleurs cela n'en vaut la peine.....
C'est peu de chose, j'en convien,
Lui répondit Madame Kerdre:
Mais, mon Cousin, vous deviez bien
Me le donner plutôt que de le perdre.

LA PESTE.

FOI de bon Catholique!
Disoit à ses enfans
Un Chrétien d'ancienne fabrique:
La Peste est un mal diabolique,
Et les Moines sont bonnes gens.
Le bon homme en contoit de reste,
Et personne aujourd'hui
Ne pense comme lui....
De la bonté céleste
Gardons-nous d'accuser les soins!
Mais enfin ni Moines, ni Peste:
Ce seroit deux grands maux de moins.
Hélas! reprit l'Octogénaire,
Enfans! si nos maux sont passés,
Nous devons aux soins empressés
D'un pieux Monastere
Le terme de notre misere.
Je ne parle que de trente ans,
Qu'alors une mauditte Peste,
A notre Ville étoit funeste!
Vingt Moines bienfaisans
S'en vinrent à nos habitans
Offrir leur charité céleste.
L'Enfer même n'eût pû tenir
Contre leurs soins infatigables.

Bien-tôt des malheurs effroyables
Qui nous firent long-tems gémir,
Nous n'eûmes que le souvenir.
La Peste finit ses ravages,
 Et nos Liberateurs
 Reçurent de nos cœurs
 Les sinceres hommages.
Depuis ce terme de nos maux
Le Ciel a béni les travaux
De la Troupe prédestinée
Au point que la Ville à présent,
(Grace aux soins du pieux Couvent)
 Est vingt fois plus peuplée.
Qu'elle ne l'étoit ci-devant.

LA VEUVE POLIE.

Lorsqu'un Sexagenaire a pris pour son
usage
Jeune Pucelle en mariage,
Après deux mois s'il n'est pas mort,
Le vieux bon homme est dans son tort :
Pour lui seul choisit-il un Tendron frais,
alerte ?
Non. Ce n'est qu'au tombeau qu'on le voit
de bon œil :
On se console de sa perte
En attendant la fin du deuil.
De quoi serviroit la tristesse ?
Le nom de Veuve est un beau nom
Quand on vient d'enterrer un opulent Bar-
bon.
Tant pour douaire & pour jeunesse,
Tant pour bijoux, bagues, joyaux,
Tant par legs, & par politesse ;
Du pauvre Testateur on attend le repos :
Bien-tôt il meurt : on devient veuve :
Cela suffit, sans autre preuve
On possede des dons si beaux.
Alors que ce seul nom inspire de tendresse
A la survivante Lucrece
Pour la mémoire du Mari,

Quand il prend vîte son parti !
Le bien qu'il laisse en abondance
Fait honneur à son opulence ;
Et si l'on parle du Défunt,
C'est toujours avec réverence :
Ce qui n'est pas honneur commun ;
Car les Morts sont sujets même à la médi-
        sance.

        Par bonheur veuve de trois mois,
C'est ainsi qu'en usoit la jeune Célimene.
        Faisoit-elle bien ? Je le crois.
Pour un vieux trépassé pleurer une semaine,
        Ma foi ! c'est prendre assez de peine :
        Il faut bien mourir une fois.....
        Sur le point de la bienséance
Célimene portoit le scrupule fort loin :
Pendant huit jours entiers, fête, réjouis-
        sance,
Amant même ; de tout elle fit abstinence :
Peut-être ce n'est pas qu'elle n'en eût besoin ;
        Mais au devoir dans l'occurrence
Elle sçavoit sur-tout donner la préference.
        Elle eut ensuite des Amans ;
        Ils vinrent en foule chez elle :
Après huit jours de pleurs il en étoit bien
        tems.
        Elle étoit riche, elle étoit belle :
        Avec de semblables talens,
        Peut-on manquer de Soupirans ?

Si l'on vit sans plaisirs, à quoi sert d'être
jeune ?
Il faut du choix ; & selon nous,
Ceux de l'Amour sont les plus doux.
Célimene rompoit à son aise le jeûne
Que lui fit si long-tems observer son époux.
La belle Veuve étoit galante,
Et c'est assez la mode ici :
Par contagion sa Suivante,
Dit l'histoire, l'étoit aussi.
La Nature en appas l'avoit bien partagée ;
Elle comptoit vingt ans ; & plus d'un Ca-
valier
Lui trouvoit l'œil fripon, la taille dégagée,
Et cet air tant prisé par les gens du métier.
Certain Marquis connut ce que valoit Li-
sette :
(C'est-là, s'il m'en souvient, le nom de la
Soubrette.)
Qu'un Marquis a le coup d'œil fin !
Qu'il sçait bien juger d'une Belle !
Voit-il un teint frais, un beau sein ;
Tout lui devient égal ; Servante ou Demoi-
selle :
Prenez garde, jeune Pucelle,
D'en trouver dans votre chemin !
Ce sont gens affamés de l'honneur féminin.
Pour faire une tendre conquête
Le Marquis avoit du talent :
Il s'y prit si bien, que Lisette

Recevoit dans ses bras chaque nuit le Galant?
Ce n'étoit pourtant pas le seul qu'eut la
          Soubrette :
(A fille raisonnable un ne suffit jamais :)
          D'une autre elle avoit fait emplettte :
L'Orange étoit son nom : sa qualité, Laquais :
          Beau garçon servant Célimene ,
          Qui dans maintes heureuses nuits ,
          De la besogne du Marquis ,
          Travailloit le surplus sans peine ;
Mais le Marquis étoit le principal Amant.
Pendant deux ou trois mois tous nos gens
          réussirent
A cacher leur intrigue au Public médisant :
          A la fin la Veuve en eut vent :
          Quelques amis l'en instruisirent.
          On sçait que les gens aujourd'hui
Se mêlent volontiers des affaires d'autrui.
Dans le rapport qu'on fit de l'amoureuse em-
          plette
          De la subalterne Coquette ,
          On ne parla que du Marquis :
L'intrigue de l'Orange étoit chose secrette ;
Et les cruels Voisins n'en avoient rien appris.
          Célimene , toujours discrette ,
Pensa ne pas devoir souffrir pareil abus :
Au logis d'une Veuve un Marquis en mes-us
          Avec une ignoble Soubrette !
          Cela sonne mal en effet ;
          Et d'ailleurs en cas d'amourette ,

Comme en tel autre que ce soit,
Un Marquis est bien mieux le fait
De Madame que de Lisette.
Tout cela pesé mûrement,
La Maîtresse en femme prudente,
Sur le rapport d'autrui s'assurant foiblement,
Vint épier la nuit suivante.
Nos Amans ne s'en doutoient pas,
Et bien-tôt entendant le bruit de leurs ébats,
Elle ne chercha point preuve plus évidente.
Dans la chambre elle entra soudain,
Et trouva l'affaire en bon train.
Jugez de la frayeur de ce Couple fidelle !
Lisette de ses jours croyoit trouver la fin,
Et la scène au Ribaud n'étoit pas moins
cruelle :
Or il advint que le Laquais
De cette nuit faisoit le frais,
Et contentoit fort bien sa Belle :
Par conséquent ce fut l'Orange qui fut pris ;
Et la Veuve pensant attraper le Marquis,
Vous êtes mal là, lui dit-elle,
En le tirant de la ruelle :
Monsieur ! entrez plutôt dans mon appar-
tement,
Vous y serez couché bien plus commodé-
ment.
En parlant encore, elle entraîne
Le Galant chez elle à grands pas :
Le Maraud n'en valoit la peine,

Et par bonheur pour lui qu'elle n'y voyoit
        pas :
      L'erreur lui valut cette aubeine ;
Car on croyoit mener le Marquis par le bras.
La belle occasion pour Messire l'Orange !
Le drôle en profita : c'étoit un fin Matois,
      Et Madame, à ce que je crois,
      Ne perdit rien du tout au change.
Pour pousser la fleurette, & pareils menus
        faits,
      Un Marquis vaut mieux qu'un Laquais:
      Pour donner le solide aux Belles,
Vive un Laquais ! lui seul vaut au moins
        deux Marquis ;
      Et j'en sçais plus d'une à Paris
      Qui peut en dire des nouvelles.
      Aussi du jeune Serviteur
      La Veuve eut lieu d'être contente ;
Et quand le jour enfin lui fit voir son erreur,
      Elle ne fit point la méchante.
Une Prude eût, au moins, chassé cet inso-
        lent :
      Pour Célimene, plus discrette,
      A son Laquais dit seulement :
      Vas, l'Orange ! la faute est faite,
      Mais sois plus sage à l'avenir,
      Et mets-toi bien dedans la tête
      Que je t'ai pris pour me servir,
      Et non pas pour servir Lisette.

LE TURC.

Vive la façon cavaliere
Dont soupire un bon Muſulman !
Il traite l'amoureux myſtere
Mieux que nous, & ſans compliment.
Parlez-moi de cette méthode !
Je l'aime fort : la blâme qui voudra !
Que les François, qui ſe piquent de mode,
N'ont-ils inventé celle-là !
Elle tiendroit chez nous fort bien ſa place :
Pourquoi ne l'adoptons-nous pas ?
Cette coutume feroit grace
A nos Amans, de bien des embarras :
A nos Beautés, de plus d'une grimace :
Et chacun s'en trouveroit bien ,
Ou, tout au moins, ne nuiroit-elle en rien....
Alte-là ! Monſieur le Poëte !
Dit un homme à beaux ſentimens ;
Serviteur à vos Muſulmans :
Mais leur façon n'eſt point honnête ;
Et pareille morale, au moins ,
Ne fera pas fortune en France.
Que deviendroient les menus ſoins ,
Les égards & la complaiſance ,
Qui près des Belles chaque jour
Rendent nouveaux les plaiſirs de l'Amour ?

On n'entendroit plus parler de constance,
De choix, ni de tendre retour :
Y pensez-vous donc ? Oui, j'y pense...
Que répondez-vous à cela ?
Rien. Mon sentiment, le voilà.
Ne pas le suivre est chose très-permise,
Et pense autrement qui voudra :
Ainsi chacun sur ce pied-là
Traitera l'Amour à sa guise.
Qu'on me donne raison, ou non,
Je suis fidelle à mon opinion ;
De tout Auteur c'est assez l'ordinaire :
Mais contons pour finir l'affaire.

Un Musulman aimoit, dit-on,
Une noble Parisienne.
De conduire une passion
Il ignoroit la douce peine.
Ces gens-là, sans autre façon,
Vont droit à la conclusion.
Notre Bacha vit sa Déesse,
Et crut pouvoir en faire sa Maîtresse
En attendant ces charmantes *Houris*,
Dont l'Alcoran aux siens fait la promesse.
Il lui conta ses amoureux soucis.
Pour une Dame de Paris,
Je crois qu'un Turc parle assez mal ten-
dresse ;
Celui-ci ne se piquoit pas
D'être Docteur dans notre Langue :

De jolis mots, de doux hélas,
De petits riens, de pareils menus cas,
    Il n'embellit point sa harangue :
    Il vint au fait tout uniment,
Et demanda.... quoi donc ? chacun l'entend...
Ensuite aux yeux de l'objet de sa flamme
    Il fait briller un diamant :
(C'étoit bien mieux s'entendre en compli-
        ment :)
    Ah ! Monsieur, dit la jeune Dame,
    Regardant le bijou de près,
Que, pour un Turc, vous parlez bien Fran-
        çois !

L'ESSENCE
DE MAITRE POUDRANT.

POUDRANT, célebre Perruquier,
Un jour, dit-on, d'un Sous-Fermier
Etoit venu friser la Femme ;
Et ne songeant à son métier,
Il s'ébattoit avec la Dame.
Le Cocu vint : mais le Barbier
Avoit trop à cœur son ouvrage :
Il ne s'en émut davantage.
Lors le Fermier, tout fumant de courroux,
Prenant notre homme par la nuque :
Maître Poudrant ! morbleu, que faites-vous ?
Paix, Monsieur ! un moment !... tout
doux !...
Je mets,.... je mets l'Essence à sa perruque.

L'ANDOUILLE,
ET LES DEUX MELONS.

LA Commere Brioche, & deux de ses
    Amies,
Ensemble déjeûnoient au frais :
Leur table n'étoit point de ces tables garnies
De gibier, de volaille, & de cent autres
    mets :
Un déjeûner bourgeois se fait à moins de
    frais.
    Une Andouille des mieux fournies,
Entre deux gros Melons : voilà tous leurs
    apprêts ;
Et par Maître Ragons elles étoient servies.
Sur ma foi ! s'écria leur Ecuyer-tranchant,
En prenant le Melon qu'on avoit mis à
    droite ;
J'en tiens un.... il embaume, & doit être
    excellent :
    Cherchez-en de plus ragoutant !
    Oh ! parbieu, je vous en souhaite......
    Eh ! non, non, Compere Ragons !
Laissez : l'autre vaut mieux, dit Madame
    Brioche :
Quand l'Andouille se trouve avecque deux
    Melons,
    S'il en est un bon, c'est le gauche.

L'ONGUENT
POUR LA BRULURE.

EN devisant avec Venture
Au tems de la grande froidure,
Certain Prélat, né de bon lieu,
Pincette en main attisoit fort le feu;
Et l'attisant outre mesure,
Une étincelle atteint l'homme de Dieu,
Et vient lui brûler la figure.
F**! cria le Saint croffé....
Monsieur l'Abbé, lui dit la Créature,
Comme vous je l'aurois pensé:
Il n'est Onguent meilleur pour la brûlure.

L'INGENUITÉ
DE LISETTE.

Avez-vous remarqué, Madame,
(Disoit un Epoux à sa Femme
Devant leur fillette Lison,)
Le changement de Claridon ?
Je le trouve méconnoissable :
Auparavant il étoit gracieux,
De belle humeur, bon ami, sociable,
Complaisant, doux & génereux,
Vous le sçavez : mais à présent
Avec personne il ne peut vivre.
Quand il voit le monde un instant,
C'est toujours d'un air rebutant ;
Il est sans cesse sur un livre,
Et ne paroît jamais content.
Je le plains très-sincerement :
Il est sçavant, je le confesse :
Ses ouvrages lui font honneur ;
Et c'est, à mon avis, l'Auteur
Le plus profond que je connoisse :
Mais encore, comme je dis,
Faut-il vivre avec ses amis ....
Il est vrai, répondit la Dame,
Qui n'avoit rien dit jusques là,

Il court un bruit outre cela
Qu'il s'entend mal avec sa Femme,
Car enfin depuis le moment
Qu'il a commencé sa retraite,
Il n'a pas fait un seul enfant....
Ah ! Maman, s'écria Lisette,
Le pauvre homme donc qu'un Sçavant !

LE CONGÉ.

Avec Suivante bien apprise
Certain Marquis prenoit joyeux ébat :
D'une fenêtre la Marquise
D'un œil jaloux regardoit le combat.
Ayant au cas la Pauvrette surprise :
Ma fille ! allez, cria-t'elle en courroux,
Besoin n'avons de pareilles Soubrettes :
La besogne qu'ici vous faites,
Je puis bien la faire sans vous.

LES COUPS
DE POING.

Un jour l'Abbé Francsot, petit Collet
    pimpant,
Contoit devant Femelle, & fringante, &
    jolie,
    Un fait qu'il trouvoit surprenant.
    Un mien Cousin extravagant
    Fit, dit-il, jadis la folie
De donner dix louis à certain gros Normand,
    A la charge que le Manant
    Sur sa figure rebondie,
Recevroit de sa part dix coups de poing
    comptant. . . .
Monsieur, lui répondit la naïve Julie,
    Je ne vois rien là d'étonnant :
Peut-on payer dix coups trop liberalement?

LA GOUVERNANTE

DE MESSIRE PAUL.

MESSIRE PAUL, Curé d'un gros Village,
Prit pour Gouvernante Nannon.
Après s'être informé du nom,
C'est la coutume en un ménage
De demander ensuite l'âge.
Nannon sur cet article là
Paroissoit fille canonique :
J'ai cinquante ans & par-delà,
Dit la vieille *Célibatique* :
Tant mieux, répartit le Curé,
Une Servante véridique,
Qui passe l'an climaterique,
Est mon fait, & j'ai très-bien rencontré.
Or la nouvelle Gouvernante
Portoit dans ses yeux clignottans
L'étiquette de soixante ans,
Quoiqu'elle n'en eut que quarante.
La Nymphe avoit dans ses heureux loisirs
Tenu jadis école de tendresse :
C'est le moyen d'avancer la vieillesse :
Tristes reliques des plaisirs !
Ils nous enlevent la jeunesse,
Et nous en laissent les desirs.

C

Chez le Pasteur quelques jours s'écoulerent
　　Pour mettre la Servante au fait;
　　Mais bien-tôt les choses allerent
　　D'un bon train, & comme il falloit:
Messire Paul de rien ne se mêloit.
Servante de Prêtre est maîtresse,
　　Dit le Proverbe, il ne ment point:
Avant Monsieur il faut qu'on la caresse,
　　Sans cela point de politesse:
Elle commande:.... & peut-être au besoin
Pour son Curé Nannon eût dit la Messe.
On ménageoit cet antique Tendron:
Chaque Manant lui portoit son hommage,
　　Et le Marguillier du Village
Trembla vingt fois à la voix de Nannon.
Le Magister lui-même étoit un drôle
　　Qu'elle avoit mis sur le bon ton:
　　En un mot de Madame *Paule*
　　Il ne lui manquoit que le nom,
　　Mais elle en avoit la façon.
Six mois passés dans cette douce vie,
　　Elle eut certaine maladie
　　Qu'on ne doit jamais qu'au plaisir
　　Et dont le tems seul peut guerir,
Qui fait rougir les jeunes Epousées,
　　Qu'une Actrice sçait prévenir,
　　Dont tremblent les femmes usées,
Et qu'une Agnès au minois enfantin
　　Regarde d'un air de dédain,
Mais dont la cause attrayante pour toutes

Expofe l'honneur féminin
A de génerales déroutes.
Si quelque Lecteur ignorant
Ne peut pénetrer ce myftere,
Il a donc l'efprit bien pefant :
Je vais pourtant le fatisfaire.
Nannon étoit enceinte de fix mois ;
On m'entendra pour cette fois....
Grand brouhaha dans le Village !
Chacun donnoit fon coup de bec :
Tous les Payfans faifoient rage....
Sans fçavoir ni Latin ni Grec,
Manans, Ribauds, & pareille racaille,
Ne font pas les moins infolens :
On médit parmi la canaille
Auffi-bien qu'entre honnêtes gens.
Le bruit public en porta la nouvelle
Aux oreilles de fa Grandeur,
Et tout de fuite Monfeigneur
Fit venir ce Couple fidelle.
Meffire Paul d'un très-grand cœur
Se fût épargné ce voyage,
Mais du Prélat il connoiffoit l'humeur,
Obéir, étoit le plus fage.
Devant fon Juge il fut traduit....
Meffire Paul ! quoi ! vous ! qui du Village
Etes le premier perfonnage,
Vous commettez pareil délit !
Lui dit le Prélat en furie :
Quel exemple pour vos Sujets !

Contre vous tout le monde crie :
En puniſſant de ſemblables forfaits,
On ne peut être trop ſévere :
Profanateur du ſacré Miniſtere !
Une fille groſſe de vous !...
Je merite votre colere,
Lui répondit humblement le Paſteur ;
Mais excuſez-moi, Monſeigneur,
Elle paroiſſoit ſi caſſée :
Regardez-la : votre Grandeur,
Comme moi, s'y fût attrapée.

L'ENCAN.

UN jour Catin, par je ne sçais quel
goût,
Mit ses faveurs à l'enchere,
En promettant ou partie ou le tout,
Suivant le prix qu'on voudroit bien en faire.
Or, envers les Acquereurs,
Elle obligeoit ses hoirs & successeurs,
Donnant assurance entiere
A qui voudroit terminer cette affaire.
On vit d'abord un escadron galant,
De tous côtés accourir à l'Encan,
Pour mettre à prix ces meubles de Cithere.
Certain Abbé, petit-maître & fringant,
En relâchoit de premiere volée
Son revenu d'une année.
Un jeune Robin pimpant
En présentoit un très-beau diamant,
Un gros Fermier, bon nombre de pistoles:
Un Officier en donnoit des paroles:
C'est de tels gens le seul argent comptant.
Mais sur les rangs parut bien-tôt un Carme;
A ses Rivaux il donna chaude allarme:
Pour tes faveurs j'offre, dit-il soudain,
Mon sçavoir faire, & rien autre, Catin:
Il l'emporta sur l'Abbé, le Gendarme,
Le Fermier & le Robin.

L'AMOUR D'A-PRESENT.

VOus ne nous faites la cour
Que parce que c'est l'usage :
Votre cœur est trop volage,
Il cherche le plaisir, Messieurs, & non
l'Amour,
Disoit à quelques Galans
Qui louoient ses agrémens,
Jeune Dame si fardée,
Si Coquette & si plâtrée,
Qu'elle abusoit, ma foi, de la permission :
Madame, répondit-on,
Vous nous rendez bien justice ;
Car notre amour ressemble aux Beautés d'à-
présent :
Ce n'est qu'un feu d'artifice ;
Doit-on être surpris qu'il ne soit pas cons-
tant ?

L'AVARE
ECRASÉ PAR UN FIACRE.

PENDANT la nuit un opulent Avare
En habit neuf cheminoit canne au poing :
Un Fiacre paſſe ; & criant gare ! gare !
L'homme aux écus ne s'en dérange point :
Lors ſans pitié le phaéton infâme
Paſſe deſſus tant qu'à mal il le mit :
De quoi le Vieux, tout prêt à rendre l'ame,
Lui dit : Coquin ! tu païras mon habit.

LES SOUHAITS.

Un jour Lise & Fanchon,
Soi disantes pucelles,
S'entretenoient, dit-on,
De maintes bagatelles.
Sans la langue point de salut,
Sur-tout pour la femelle espece :
La langue est la meilleure piece
Dont le Créateur la pourvut.
A préfent sur pareil chapitre,
Le genre masculin
Devroit, à juste titre,
Avoir sa place au féminin.

Enfin, ne sçachant plus que dire,
Lise & Fanchon, à qui mieux, mieux,
Se mirent à faire des vœux :
On sçait que, quand fille desire,
Ce ne font pas souhaits pieux.
D'abord la jeune Lise
Ambitionna des attraits
Tels qu'il n'en fut jamais :
Une taille bien prise,
De grands yeux, de beaux traits,
Un air fin, un teint frais ;
Et puis des graces immortelles :

Ensuite des Amans fidelles,
Jeunes, aimables & bien faits;
Enfin, s'épuisant en souhaits,
Elle vouloit être Princesse,
    Ou, tout au moins, Duchesse;
Il lui falloit de beaux chevaux,
    De lestes équipages,
    De superbes Châteaux,
Des Hôtels, & même des Pages,
    De grands Laquais, sur-tout;
    Car pour pareille engeance
    Le beau sexe de France
A toujours je ne sçais quel goût....
Pour moi, bien moins ambitieuse,
Dit Fanchon, & plus génereuse,
Je ne voudrois qu'un Mari,
Haut de huit bons pieds & demi,
Gros à l'avenant, dont le reste
    En large comme en long,
    Fût à proportion....
Est-il un Souhait plus modeste!

LE BON CONSEIL.

UNE antique & triste Beauté,
Aux yeux rouges, au teint des ans peu ref-
pecté ;
Mauffade, s'il en fut : très-importune, en
outre,
A certain Seigneur Allemand
Se plaignoit que fon Confident
En face avoit ofé l'envoyer faire f**...
Je fçais qu'il n'eft brutal pareil,
Et fouvent j'en fouffre moi-même,
Répondit le Seigneur : mais, Madame, je
l'aime
Parce qu'il eft d'un bon confeil.

LE MOINE MODESTE.

UN fier Moine, vrai Maraud,
Demandoit la courtoisie
A fille que le Ribaud
Trouvoit à sa fantaisie.
Frere ! point ne le ferai,
Lui répond le Tendron ; vous vous moquez,
    je pense.
Tiens, pas tant de façons, répart la Révé-
        rence,
Et trois fois, palsambleu, je te régalerai.
Le parti pour toute autre eût été fort hon-
        nête ;
Mais celle-ci ne voulant
Se rendre à cette fleurette,
Alla porter sa plainte au Prieur du Couvent :
Peut-on, dit-elle au bon Pere,
Pour homme de Monastere,
Choquer ainsi la pudeur ?
Me proposer trois fois !...Trois, seulement !
        malpeste !
S'écria Pere Prieur,
Qu'il est devenu modeste !

LA DEVOTE.

Fievre, Peste, Procureurs, Guerre,
Famine, & mille autres fléaux
Dont le Ciel afflige la Terre,
Sont moins à craindre encor que les Dévots:
  A gens de pareil caractere,
  Si nous pouvons, n'ayons jamais affaire;
  Qui que tu fois, Lecteur, fouviens-toi
      bien
De cet avis d'un Poëte fincere!
  Les fréquenter, c'eft le moyen
De devenir tôt ou tard leurs victimes:
  A leurs yeux toujours prévenus
  Nos vertus paroiffent des crimes,
  Et leurs crimes font des vertus.
  Que l'inimitable Moliere
  A bien démafqué ces gens-là!
  Mais en vain leur fit-il la guerre;
  C'eft peu de chofe que cela
  Pour extirper pareille engeance.
  Les Dévots font nos Souverains,
Nous les voyons nager dans l'abondance;
  Leur trifte & coupable puiffance
Même à préfent balance nos deftins,
  Et leur hypocrite arrogance
Se joue impunément des crédules Humains.

Malheur à qui de leurs affreux desseins
Ose donner de légeres ébauches !
La voix de la Justice à laquelle ils sont sourds,
De leurs forfaits hâte le cours ,
Et le voile de leurs débauches
Leur sert pour obscurcir encore nos beaux
jours…
Que faire à tout cela ? se taire.
C'est à mon sens le parti le plus sûr :
Les Dévots ne pardonnent guere ;
Ainsi redoutons leur colere :
Car si jamais d'un souffle impur
Un témeraire osoit ternir leur renommée ,
Il verroit contre lui leur race entiere armée.
Chut, donc ! elle est trop puissante à pré-
sent ;
S'y jouer, seroit imprudence ,
Il vaut bien mieux souffrir patiemment ,
Et differer notre vengeance.
Contons toujours en attendant.
Je vais parler d'une Fille à scrupules ,
Exempte, m'a-t'on dit, des crimes des Dévots ,
Mais en ayant quelques défauts ,
Et presque tous les ridicules.

Non loin des bords où maints Auteurs
Content qu'un jour certain Réverend Pere ,
Aux pieds du Prince de Cithere ,
Vint de Sodome abjurer les erreurs ,
Vivoit jadis une jeune Dévote ,

Belle en tous points, faite à ravir les cœurs,
    Sage, mais scrupuleuse & sotte :
Je ne dis pas qu'elle fût sans esprit ;
Oh ! Dieu m'en garde ! en fait de médisance,
    Elle en avoit sans contredit
    Du plus joli qui fût en France.
    C'est un merite que cela ;
    Au moins, certaines gens par-là
    Se donnent un air d'importance :
    D'ailleurs, qui n'a pas ce talent
Peut-il passer pour Dévot à présent ?
Thémire, c'est le nom de la Pucelle,
Depuis quatre ans étoit à marier,
    Et déja plus d'un Cavalier
Avoit en vain voulu tenter la Belle :
Son Directeur, Moliniste zélé,
De rogatons, de maintes fariboles,
Grand Papelard, saintement affublé,
En avoit fait une des Vierges folles.
    Thémire croyoit sottement
    Les vieux contes de ce bon homme,
    Et n'auroit pas même en un an
    Prononcé le seul nom d'Amant
    Sans une dispense de Rome.
Sa piété faisoit bruit en tout lieu :
Sainte grimace, orgueilleuse priere,
    Menus hélas, soupirs de feu :
    Toute la dévote misere
    Pour elle enfin n'étoit qu'un jeu.
    Thémire aimoit un peu son Dieu,

Et beaucoup plus son cher Réverend Pere ;
On a beau dire : cependant
Un Confesseur ne vaut pas un Amant.
Notre Vierge étoit fille unique,
Bien Demoiselle, & n'avoit qu'un Papa,
Qui bon Chrétien, mais mauvais Politique,
Jamais en rien ne la contraria.
Ne prenons point tel Pere pour modele,
Nous qui vivons dans ce siécle malin !
Malgré nos soins, il est plus d'une Belle
Qui nous fait voir encor bien du chemin.....
Mais celle dont je trace ici l'histoire
N'étoit pas du goût d'à-présent ;
Elle fuyoit tout l'amoureux Grimoire ;
Aujourd'hui l'on court au-devant....
Jeunes Galans, partis de convenance,
Epoux riche, grande alliance
Et mille avantages divers
Pour elle en vain s'étoient offerts :
Themire eût au nom de *Pucelle*
Sacrifié même l'amour d'un Roi :
Quelle chimere ! encore l'étoit-elle ?
Je le crois : mais sur pareille nouvelle
Son Directeur en dira plus que moi :
Au reste l'être ou non, c'est bagatelle.
Sur les rangs parut à son tour
Certain Seigneur de la Province,
Aimable, riche, aussi beau que l'Amour,
Et né pour la fille d'un Prince :
Il fit assidûment sa cour

Sans pouvoir plaire à la Dévote;
Pour la toucher en vain il employa
Toute l'amoureuse Marotte,
Thémire le congédia.

Quand une Dévote est jolie,
On s'en entête volontier:
Auffi le jeune Cavalier
Vint à l'aimer à la folie.
Que fait-il donc ? il s'adresse au Papa,
Et la demande en mariage:
Trop brillant étoit l'avantage
Pour renvoyer ce parti là.
Le Pere lui donne assurance
Que ses vœux feront satisfaits:
Vous serez mon Gendre, ou jamais
Personne ne doit l'être en France,
Lui dit le bon vieux Paladin;
Croit-elle donc toujours berner son Pere?
Oh! non : parbleu, qu'elle choisisse enfin
Ou votre main, ou bien un Monastere!
Il dit : & quittant notre Amant,
Il le salue avec un doux sourire,
Et s'achemine vers Thémire.
La Belle d'un fatras pédant,
De points d'école, & de telle denrée
Meubloit alors son esprit suffisant :
Il la trouva de livres entourée
Sur force cas méditant avec art,
Et de l'orthodoxe Escobar
Puisant la morale épurée.

D'abord

D'abord cet attirail dévot
Mit le vieux Chrétien en colere:
Morbleu! laissez cette misere!
Un livre n'est qu'un idiot
Quand il enseigne à n'écouter son Pere.
Je suis bien las de tout ceci,
Ma chere Enfant: la quenouille & l'aiguille
Sont bien mieux le fait d'une fille
Que tous ces *in-folio*-ci....
A tels propos qui sentoient l'empirique,
La Belle alloit répondre du bon ton;
(Car tout Dévot est fort sur la réplique:)
Quand le Papa pour finir sa leçon,
Reprit ainsi le fil de son sermon.
Votre propos seroit fort inutile,
Ma Fille: ainsi taisez-vous pour le mieux:
La bonté d'un Pere facile
Rend les Enfans audacieux:
Enfin je n'ai qu'un mot à dire;
Dès demain au Seigneur Autrand,
(C'étoit le nom du jeune Amant
Qui vouloit s'unir à Thémire,)
Je veux vous marier.... Qui? moi!
Dit la Dévote... Oui, vous-même, ma Fille!
Lequel ici doit donc faire la loi?
Je suis Maître dans ma famille:
Obéissez, c'est le plus court:
Pour y penser je vous laisse ce jour....
Ce compliment fait, le bon Pere
Quitte Thémire brusquement:

D

Pour elle quel triste moment !
　　Trop importante étoit l'affaire
　　Pour la décider dans l'instant.
Se marier ! Que de sales idées
　　Ce seul mot entraîne avec lui !
Fait conjugal, liberté d'un Mari,
　　Et pareilles autres pensées
　　Mettoient la Dévote aux abois....
De ses besoins faut-il être Martyre ?
　　A dix-sept ans un cœur desire :
Elle étoit fille après tout ; & je crois
　　Que contre le sort de Thémire,
Plus d'une Belle eût changé son état.
　　En géneral, un Pucelage
　　Soupire après le mariage
　　Plutôt qu'après le célibat.
　　Or, n'ayant assez de lumiere,
Notre Rêveuse à son cher Directeur
　　Courut bien-tôt ouvrir son cœur :
　　Le Personnage trop sévere,
A mon avis, jugea mal cette affaire :
　　Selon lui la Belle devoit
　　Plutôt désobéir au Pere,
　　Que perdre tout ce qu'elle avoit
　　De plus précieux sur la Terre.
　　Le bon homme prenoit les airs
De réformer notre sainte Ecriture :
　　Car parmi tant d'ordres divers
　　Que Dieu fait à sa créature,
Croissez, & multipliez-vous ;

Est, je crois, le premier de tous.
    Cependant la pauvre Thémire
Plus que jamais étoit dans l'embarras :
    Son Pere ne prétendoit rire,
    Il commandoit ; & n'y souscrire,
C'étoit l'aigrir à n'en revenir pas :
D'ailleurs, malgré tout ce qu'on en peut dire,
Se marier n'est point si vilain cas :
    Je tiens même d'un Janséniste,
    (Et tel homme ne peut mentir,)
Qu'elle eût sçu gré peut-être au Casuiste,
    Si le patelin Moliniste
Eût décidé qu'il falloit obéir....
    Enfin notre triste Dévote,
Ne sçachant plus à quel Saint se vouer,
Vint consulter sa Suivante Flipotte.
Flipotte étoit, car on doit l'avouer,
    Fille d'un conseil admirable,
    Mais complaisante, & qui sçavoit
    Ménager ceux qu'elle servoit :
Flipotte enfin n'avoit pas sa semblable.
De sa Maîtresse ayant appris le cas :
    Eh ! mon Dieu ! vous n'y pensez pas,
    S'écria-t'elle en fille sage,
Un bon Mari va bien à certain âge :
Mademoiselle, au sentiment commun
    Vous devriez ajuster le vôtre :
    Une Sainte, tout comme une autre,
N'en a pas trop quand elle n'en a qu'un.
    Mais bien-tôt l'adroite Flipotte,

Voyant que ses réflexions
Ne plaisoient point à la Dévote ;
Changea de style & fit d'autres leçons.
Si vous voulez, dit-elle à sa Maîtresse,
Demeurer vierge, entrez dans un Couvent ;
Mais ce parti, tout bon qu'il me paroisse,
N'est pas votre fait sûrement.
Eh bien ! pour contenter le Pere,
Qui presse tant le Sacrement,
Mariez-vous : mais avant de le faire,
Allez trouver Messire Autrand :
Dites-lui qu'à ce mariage
Vous consentez d'un très-grand cœur ;
Et que n'étant encor d'humeur
De lui livrer l'amoureux *tripotage*,
Vous voulez qu'en galant Seigneur
Il vous jure sur son honneur
De ne toucher à votre Pucelage,
Et de vous traiter comme sœur.
Le parti convint à Thémire ;
Et pour en profiter, d'abord
Elle fait appeller le Sire,
Et lui propose cet accord.
On ne pouvoit donner plus forte preuve
D'une sotte dévotion :
Aussi la proposition
Au Galant parut un peu neuve.
Etre amoureux de mille appas,
Et sur le point d'en devenir le Maître,
Jurer qu'on n'y touchera pas,

C'eſt ſe mettre dans l'embarras :
Meſſire Autrand crut devoir tout promettre
Pour ſe tirer du mauvais pas :
Et comme la cérémonie
Exige, quand on ſe marie,
Que les Conjoints pour la premiere nuit
Reſtent enſemble tête à tête,
Thémire voulut au réduit
Près d'elle avoir ſa prudente Soubrette,
Afin qu'elle pût obvier
A tous eſſais du Cavalier.
Le Galant, non ſans une peine extrême,
De maints ſermens faiſant les frais,
Accorda tout : car quand on aime,
Y regarde-t'on de ſi près ?
D'ailleurs, la choſe étant bien diſcutée,
Meſſire Autrand, Docteur en fait d'Amour,
Penſa que ſon Epouſe, un jour,
Ne ſeroit pas ſi dégoûtée.
Il penſoit bien : ſouvent ſans rien ſentir
Un jeune cœur atteint l'adoleſcence :
Mais bien-tôt de l'indifference
Volontiers il paſſe au deſir :
Il n'eſt qu'un pas de-là juſqu'au plaiſir,
Que le défaut d'experience
Dans un inſtant lui fait franchir :
D'ailleurs, lorſque le mariage
Vient ordonner l'amoureux badinage,
Je crois qu'il eſt doux d'obéir ;
Et puis il faut ſe prêter à l'uſage.

D 3

Enfin l'Amant n'ofant rien refufer,
    La Dévote fut fatisfaite,
    Et confentit à l'époufer :
Le lendemain fon affaire fut faite.
    De dire fi le vieux Papa
Fut enchanté de fon obéiffance,
    Combien de fois il l'embraffa,
    Ce que pour dot il lui donna :
    Comment dans la réjouiffance
    On difpofa bals & repas,
    Et mille autres femblables cas ;
Cela paroît chofe peu néceffaire :
    Ce que je fçais de cette affaire,
    C'eft qu'après maints amufemens
    Au lit on conduifit nos gens.
    Chacun à la jeune Epoufée,
En la quittant, fit quelque compliment.
    La Soubrette tout doucement
    Dans la chambre s'étoit gliffée :
Quand les fâcheux eurent pris leur congé,
Elle éteignit auffi-tôt les lumieres.
    L'Epoux fur un fauteuil rangé,
En badinant contoit quelques miferes :
    De n'avoir pas fa place au lit
Il eût plutôt dû trouver à redire....
    Enfin ayant couché Thémire,
    Flipotte près d'elle s'affit.
Que le Mari faifoit pauvre figure !
Que de defirs étouffoient fa Moitié !
    La Suivante en avoit pitié :

Car enfin, en telle aventure
On plaint les gens par amitié.
Dans son lit la pauvre Dévote
A tous momens se retournoit :
Sur son fauteuil l'Epoux toujours toussoit,
Si bien que la tendre Flipotte
Vit enfin ce qu'il leur falloit.
Madame, dit-elle à la Belle,
Monsieur a froid, il tousse fort :
Cela ne vous feroit grand tort
S'il se couchoit tout contre la ruelle.
On se fit d'abord bien prier
Pour accorder pareille grace :
Mais à force de supplier,
L'Epoux obtint cette petite place.
Pour se deshabiller, je crois
Que le Seigneur n'en fit pas à deux fois :
En pareil cas, pour cet office
On n'a pas besoin de Laquais ;
De vrais Amans se rendent ce service
Mieux que les plus lestes Valets.
Enfin sous même couverture
Voilà Thémire avec le tendre Autrand :
On se doute bien que nature
Devoit travailler le Galant.
Flipotte, au moins, dans cette conjonc-
ture
Rangeant le lit, près du mâle *fémur*,
Sentit je ne sçais quoi de dur :

Ce qu'elle crut d'un favorable augure.
Remplie alors de bonne volonté,
Elle dit à la jeune Femme :
Monfieur Autrand d'un mal eft tourmenté
Auquel il faut rémedier, Madame :
Pour vous laiffer agir en liberté,
Ne trouvez pas mauvais que je vous quitte,
Et gueriffez le Malade au plus vîte.
Sans attendre qu'on répondît,
Notre Soubrette fe retire,
Et bien-tôt la fage Thémire
Fit au mieux les honneurs du lit :
Car ne vouloir accepter la bataille
En pareil cas, cela fent fa canaille :
Auffi la Belle en un fi doux inftant
Contre les affauts du Galant
Se défendit vaille que vaille.
En minaudant dévotement
Elle offrit à Dieu ce moment,
Et combattit en Héroïne.
Le cher Epoux, de fa Moitié content,
Sans s'ennuyer fit valoir fon talent :
Car quand au lit on a telle voifine,
Et qu'on lui donne une tendre leçon,
On ne trouve pas le tems long.
La Belle la plus ridicule
Volontiers prend goût à ce jeu :
Si Thémire eut encor quelque fcrupule,
Ce ne fut plus que fur le peu :

Chez mainte femme un tel scrupule a lieu...
Messire Autrand en homme sage,
Aisément comprit à son tour
Que satisfaire un dévot Pucelage
Sur les mysteres de l'Amour,
Ce n'est pas un petit ouvrage.

L'ANGLOIS

DE BON GOUT.

UN jeune Anglois pétri d'intemperance,
Et dont je ne dirai le nom
Pour l'honneur de la Nation,
Faifoit, n'a guere, à Paris réfidence.
Or y voulant laiffer de fon engeance,
En fon Hôtel il amene un Tendron.
Nymphes ici fe trouvent à foifon ;
Et la denrée en devient fi commune,
Qu'on en a mille plutôt qu'une.
Au goût paillard point de pays plus beau !
Mais pour faint Côme y faire de l'ouvrage,
Eft l'ordinaire d'un Ribaud :
Y rencontrer un pucelage
Seroit un prodige nouveau.
Par moyen de fage intrigante,
Et par un coup des plus heureux,
L'Anglois pourtant avoit jetté les yeux
Sur une Pucelle charmante.
En cinquante ans d'honnêtes Amoureux
Ne trouveroient hazard fi gracieux.
L'Entremetteufe étoit préfente,
Et lui vantoit tous fes appas naiffans :
C'eft une Belle de quinze ans,

Lui difoit ce Suppôt du Diable :
Elle eft fringante, elle eft aimable ;
Vous en ferez content... Le prix ?...
Pas un liard moins de dix louis....
Dix louis ! c'eft cher ; mais n'importe :
La Belle ! allons :... & vous fermez la porte...
Or le Milord d'outre-mer vrai Manant,
En vifitant cette étroite boutique,
Trop mince crut l'appartement
Pour une Alteffe Britannique.
Par faint Richard ! peut-on à fi haut prix,
S'écria-t'il avec colere,
Louer logemens fi petits,
Tandis, morbleu, qu'en Angleterre
Pour un Scheling on en auroit
D'auffi larges que mon bonnet ?....
Monfieur, dit la jeune Ouvriere,
Je connois ce qui vous convien ;
Contentez-vous, voilà ma Mere :
Il ne vous en coutera rien.

LE DEBARQUÉ DU MAINE.

CERTAIN Maraud, fils d'Echevin,
A Paris débarqué du Maine,
Par paſſe-tems un beau matin
A ſes plaiſirs faiſoit ſervir ſa main,
Et pour mettre à fin cette ſcène
Fort ſe trémouſſoit le vilain.
Il beſognoit d'un tel courage,
Et ſuoit tant que l'euſſiez cru troublé.
Ayant enfin terminé cet ouvrage ;
Morbleu ! cria-t'il eſſouflé,
On me l'avoit bien dit en route,
Pour s'amuſer, qu'à Paris il en coute !

PERRETTE ET JANNOT.

PRès de Perrette un jour Jannot au lit,
   Sur arrangemens de famille
   Devisoit en homme d'esprit.
   Il vouloit marier sa Fille,
   A l'école envoyer Lucas ;
   De quelque petite vetille
   Corriger son jeune Colas,
Puis acheter un habit à Jaquette ;
   Ensuite au premier jour de fête
   Traiter le Compere Laurent ;
   Si bien que l'Epoux ne pensant
   A sa Compagne de couchette :
Mon cœur ! lui dit l'amoureuse Perrette,
   En l'embrassant de bonne foi,
   Il est tems de songer à moi.

LE CHANOINE MORIBOND.

Sous une treille, en son jardin,
Un gros Chanoine de Bourgogne,
Pour se dédommager des travaux du Lutrin,
Du meilleur de la côte enluminoit sa trogne.
Outre raison, déja notre homme étoit en
train,
Lorsque sur le dévot Yvrogne
Un nuage crevant soudain,
Vomit une grêle inhumaine,
Dont les grains, plus gros que des noix,
Tombèrent sur le vieux Silene,
Et bien-tôt de sa mort le mirent à deux
doigts.
Quand la tempête fut passée,
On le vint prendre moribond,
Et les yeux presqu'éteints, la poitrine pressée,
Sa langue ne pouvant rendre le moindre son,
On crut son affaire *baclée*.
Autour de lui déja ses gens
Déploroient son trépas, quand après quel-
que tems
Ses forces un peu revenues,
Comme il les vit tous larmoyans ;
Je le lis, leur dit-il, sur vos mines... Enfans,
Hélas ! nos Vignes sont perdues.

BARBE A CONFESSE.

Vers le bénin Frere Conrard
Barbe à confesse étoit allée,
Et se trouvoit embarrassée
Pour accuser certain péché gaillard.
    N'étant fille encore aguerrie ;
Las ! Pere en Dieu ! lui disoit-elle en pleurs ;
Depuis deux ans j'avois pâles couleurs,
    Et Jean hier m'en a guerie.
Il n'est mal là, répond le Directeur :
Après.... mais c'est, reprit la Convertie,
Que je l'ai fait aux dépens de l'honneur.
    Ma fille, Dieu vous soit en aide !
    Conclut l'éclairé Confesseur ;
    Je ne trouve cher le remede.

ÉPIGRAMME

IMITÉE DE MARTIAL,

A MONSIEUR DE B.*

Tu crois déja, B*, que le sort
Fabrique ton drap mortuaire :
Tu n'as pû jamais être Pere,
Et tu veux que quelqu'un pourtant pleure à
ta mort.
Par ce motif seul tu vas faire
Certain Neveu ton Légataire :
Eh ! crois-moi, ne lui donne rien !
De le faire pleurer voilà le vrai moyen.

LE CURÉ.

UN Epoux, dont la Femme étoit affez
        gloutonne,
Et qui point ne goûtoit douceurs de fon Mari,
  Dit un jour au Curé, qui tout du long de
        l'aune,
Dans un mauvais Sermon du Sexe avoit
        médit:
Pour homme, comme vous, qui tant avez
        crédit
Chez la Femme, Pafteur, palfambleu je
        m'étonne
    Que fi mal la préconifiez.
Et vous, pour un Mari, dit le Faifeur de
        Prône,
Je fuis furpris, Monfieur, que fi mal la
        baifiez.

LES DEUX COMMERES.

UN jour Madame la Ramée,
S'étant mise sur son plus beau,
Visitoit neuve Mariée,
Qui sa parente étoit, ou du moins, peu s'en
faut.
Cela va-t'il bien ? Ma Commere,
Dit-elle, en la voyant, d'un air tout em-
pressé,
Comment cela s'est-il passé ?
Et d'un bon train Jacob mene-t'il le mystere ?
Ah ! répond l'Epousée avec un gros soupir,
Escorté d'un niais sourire :
Tenez, ce n'est rien de le dire ;
Ma Commere, il faut le sentir.

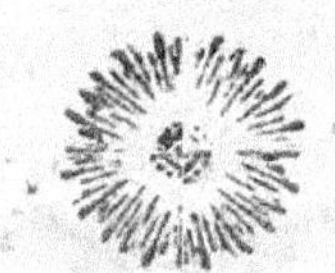

LA MODE.

CERTAINE jeune Veuve en bonne com-
    pagnie,
Citoit force exemples sçavans
De vrais & génereux Amans,
Qui pour une vaine Sylvie
Ensanglantent mille Romans.
On ne s'aime plus, disoit-elle,
Comme dans ce tems bienheureux :
L'Amour n'avoit alors point d'Esclave infi-
    delle.
Et dans une chaîne éternelle
Retenoit les cœurs amoureux.
Loin du goût du siécle où nous sommes,
C'étoit plaisir alors d'aimer & d'être aimé :
Qu'il faisoit bon avec les hommes !
Tout cédoit à l'objet dont on étoit charmé...
Il est bien vrai qu'alors telle étoit la mé-
    thode,
Et que l'Amour duroit long-tems,
Répondit un des Assistans :
A présent ce n'est plus la mode.
C'est-à-dire que selon vous,
A la vertu, Monsieur, la mode est préfe-
    rable ?
Dit la Veuve, trouvant le propos aigre-doux...

Oh ! non, Madame, non : cette thèse est
  blâmable,
Reprit le Cavalier Bourru :
Mais comme en ce monde tout passe ;
On ne parle plus de vertu,
Et la mode en a pris la place.

LA JEUNE MARIÉE.

Sur ma parole de Gendarme,
Madame, je connois un Carme,
Qui dans la carriere d'Amour
A poussé jusqu'au but huit fois sa haquenée,
Disoit d'un ton badin, un jour,
Le Chevalier Lorgnette à jeune Mariée,
Dont le Mari Robin la traitoit sobrement :
    Un Epoux avec ce talent
    Feroit le bonheur de sa Femme :
    Vous-même ; eh bien ! qu'en pensez-
        vous ?
    Ah ! dit en soupirant la Dame,
    Que n'ai-je un Carme pour Epoux !

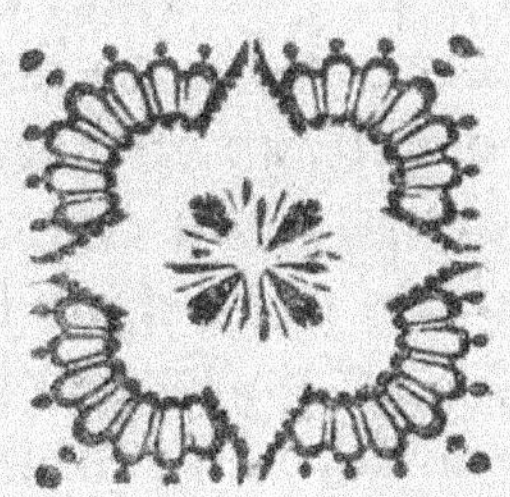

LE DEUIL
DE MADAME COURBE.

Quelqu'un veut-il prendre femme, il aura
  Plus d'ouvrage qu'il n'en fera.
  Il n'en faut qu'une pour éteindre
  Tous les feux du plus chaud Mari ;
  Et quand le Coquet sans rien craindre
Va fourager dans la vigne d'autrui,
  S'il rencontre mal, c'est pour lui ;
Et son Epouse a raison de se plaindre.
  Il vaut mieux se gêner un peu :
  Que sçait-on ? Enfin l'on s'expose,
  Si l'on ne redoute pas Dieu,
  On doit redouter autre chose.
  Ce proverbe vient de bon lieu :
Il est moral : d'ailleurs un Mari sage
  Doit avoir peur du cocuage.
Lorsque Monsieur nage dans le plaisir,
  Madame s'en passera-t'elle ?
  Après tout doit-elle souffrir
Du peu de soins d'un Epoux infidelle ?
  Cela n'est pas juste ; & je crois
Que Femme alors peut tricher sans scrupule :
  Aussi les Maris maintefois

Se taillent eux-mêmes du bois.
Contons enfin : & plus de préambule.

Un Chapelier dans Alençon ,
Pour achalander fa Boutique ,
Penfa devoir époufer un Tendron
De fringante & jeune fabrique.
Monfieur Courbe , voilà fon nom :
Le nom de droit eût été plus mignon ;
Mais Courbe étoit le nom de tous fes Peres :
Notre Marchand le trouvoit bel & bon ,
Et n'en faifoit pas plus mal fes affaires.
Madame Courbe fa Moitié ,
En fait d'appas femme paffable ,
Avoit un grand fonds d'amitié
Pour ceux qui la trouvoient aimable.
Cependant le bon Chapelier
La traitoit bien , à ce que dit l'hiftoire :
Il pouvoit , fans s'en faire accroire ,
Se vanter d'être un lefte Cavalier.
Rempli d'égards pour fon Epoufe ,
Ne lui refufant jamais rien ,
En un mot grand homme de bien ;
Il étoit fans humeur jaloufe
Le plus honnête & paifible Cocu
Que depuis mille ans on ait vu.
Sur pareil article à fa place
J'en euffe agi tout comme lui ,
C'eft un malheur fi commun aujourd'hui ,
Qu'il faut le prendre au moins de bonne
grace.   E 4

Notre homme enfin, las d'un oisif repos,
	Pour quelqu'emplette de chapeaux,
	Ou pour autres faits de négoce,
Ayant à faire un voyage à Paris,
Abandonna ses Penates cheris,
	Et s'emballa dans le carrosse.
	On sent bien qu'avant de partir
	Madame Courbe, trop sensible,
	Le fit jurer de revenir
	Dans un mois s'il étoit possible.
	Il promit tout, & ne quitta
	Qu'à regret sa belle Compagne :
	Il pleura même : on s'embrassa :
	Et puis fouette Cocher ! Voilà
	Notre Chapelier en campagne.
	Mais la Chapeliere, dit-on,
	Se consola de son absence,
	Et ne trouva pas le tems long :
	Car en pays de connoissance,
	Un Mari de plus ou de moins
	Ne merite gueres les soins
	De sa Femme, quand elle pense.
	Pourquoi donc se gêner si fort ?
	L'absent n'a-t'il pas toujours tort ?
	De son côté l'homme aux emplettes
	A Paris ne s'ennuyoit pas :
	Le beau Sexe dans ces climats
	Aime les solides fleurettes.
	C'étoit le fait du Chapelier,
	Mais il ne sçavoit son métier ;

Et se jouant en mauvais Politique
A des Tendrons de moyenne vertu,
    Après avoir bien combattu,
    Enfin une bonne pratique
Lui prodigua ce que depuis long-tems
Elle gardoit aux Ribauds imprudens.
    Une galante drôlerie
    Va fort bien à certaines gens :
    C'est une leçon pour la vie
    Qu'ils apprennent à leurs dépens.
    D'abord de cette maladie
Courbe voulut arrêter les progrès :
    Ce n'étoit qu'une minutie,
Et ce qu'on nomme en honnête François
    La petite galanterie.
    De saint Côme un docte Client,
Avec ptisanne & pareille denrée
    Entreprit notre Commerçant :
Mais la besogne à peine commencée,
    Quelqu'affaire encor plus pressée
Que tous les soins des Morands, des Petits
    Le rappella dans le pays.
    Notre homme arrive : on lui fait fête :
    Comment t'es-tu porté ? Mon cœur,
    Je suis de la meilleure humeur
    De te voir en santé parfaite ;
    Et de maints autres rogatons
Le Mari fut accueilli par sa Femme :
Mais, pauvres gens ! sur de telles façons
    Ne comptez gueres ! Nous voyons

Que, quand femme a pervers deſſeins dans
　　　　l'ame,
Plus que jamais alors de propos doux
　　　Elle accable ſon cher Epoux.
　　　A ces differentes careſſes
Le Voyageur de ſon mieux répondit:
Le réſultat de tant de politeſſes
　　　Fut qu'il alla ſe mettre au lit:
Madame Courbe auſſi-tôt l'y ſuivit.
　　　　Le Malade par conſcience,
　　　　N'oſant à ſa tendre Moitié
　　　　Donner des preuves d'amitié,
　　　　S'endormit ſur cette aſſurance
Que ſes beſoins n'étoient pas ſi preſſans
Qu'elle ne pût s'en paſſer quelque tems.
　　　　En concluant pour l'abſtinence,
　　　　Il raiſonnoit fort mal, je penſe.
　　　　Notre Chapeliere, voyant
Que ſon Mari dormoit tranquillement,
En bonne part ne prit ſa négligence:
　　　　Elle connoiſſoit ſon talent,
　　　　Et ſur-tout après une abſence,
　　　　Elle ſçavoit que le Galant
　　　　La régaloit ſplendidement.
　　　　D'où provenoit donc ſon ſilence?
　　　　C'étoit là ce qu'elle ignoroit.
　　　　Or, pour en avoir le cœur net,
　　　　L'amoureuſe Courbe inquiette
　　　　Porta la main tout doucement
　　　　Sur cet oiſeau qu'une Fillette

Avant treize ans fait chanter à préfent.
Elle eut peine à le reconnoître :
Le pauvre Epoux, faute de célibat,
L'avoit mis en piteux état :
Son roffignol n'ofoit paroître,
Et fous maints vieux chiffons caché
Pleuroit fon antique péché.
Lors le fentant fi mal dans fes affaires,
Comme enterré dans un fale chauffon,
Elle fe levè ; & d'un air furibond
Remplit la chambre de lumieres :
Cette chambre, témoin jadis
Des doux plaifirs qui lui font interdits.
De toutes parts la falle illuminée,
Et près du lit en un fauteuil poftée,
Elle s'ecarte indécemment, & met
Le pied droit fur un tabouret
Sur un autre pofe le gauche,
Tire brufquement le rideau
Pour réveiller l'homme à débauche ;
Puis avec du noir à chapeau,
Au nez de fon Ribaud, la Belle
Barbouille enfin la cage de l'oifeau
Qui fredonna fi bien pour elle.
Le fpectacle étoit curieux :
L'Epoux à peine en croyoit à fes yeux :
Il penfa d'abord que fa \tête
Etoit en proye aux erreurs du fommeil :
Le pauvre Diable, à fon reveil,
Ne fe trouva jamais à telle fête.

Mais se frottant & refrottant
Mille & mille fois la paupiere :
D'ailleurs sa Femme lui parlant,
Il vit que la chose étoit claire.
De folie as-tu des accès ?
Lui cria-t'il presqu'en colere :
Que fais-tu là ?.... Ce que je fais !
Tu le sçais bien, répondit la bonne ame,
En lui jettant certain coup d'œil, ...
Il est enseveli !... Ta Femme
Au sien en fait porter le Deuil.

A MONSIEUR
LE MARQUIS DE C***.
POUR
LE JOUR DE SA FÊTE.

Ce Seigneur étoit alors à la campagne avec
deux Dames, dont une ne lui étoit
pas indifferente.

SEIGNEUR Marquis, habiter les Cam-
      pagnes
Tandis qu'on chome ici votre Patron,
De saint François est-ce honorer le nom ?
    Je vois qu'avec vos deux Compagnes
    Vous ne trouvez pas le tems long :
    Sans doute ce Couple s'apprête
    A vous donner pour votre Fête
    Mille Bouquets ornés de fleurs :
    De belles mains il faut tout prendre :
    Vous en avez un à leur rendre
    Qui vaudra, tout au moins, les leurs.
Que votre amour doit être précieuse
A la Beauté dont les charmes vainqueurs
Ont captivé votre ame génereuse !
    Grand nom, vertus, honneurs, succès,

Esprit fécond, dont les moindres essais
Se tracent même une route immortelle :
    Où votre Philis verroit-elle
    Tant d'avantages à la fois ?
    Qu'elle doit vous trouver aimable !
Mais en tous points fussiez-vous adorable :
    Vous ne plairiez pas tant, je crois,
    Sans le cordon de saint François.

L'AVEUGLE
DES QUINZE-VINGTS.

Aux *Quinze-Vingts*, un Bernardin
   gaillard
Se promenant, difoit par raillerie
      A fon Compagnon : Je parie
      Qu'un des Aveugles au hazard
Connoît ta Mere : à quoi Frere Bernard
      Répond : Parbieu ! je l'en défie :
Or çà, voyons.... Pince un peu celui-là,
      Répliqua l'autre.... Il le pinça
      Si fort que n'aimant telle farce,
      Au Frater l'Aveugle cria :
      Au Diable foit l'enfant de Garce !

LE CARME.

AVEC la Sœur Saint Anaclet
Dix fois sans débrider un Carme l'avoit fait :
   Il alloit commencer l'onzieme ,
   Quand la Nonnain lui dit tout net :
Je suis lasse , mon fils ! Ne l'es-tu pas toi-
     même ?
Non , répondit le Pere à ce discours benin :
   Quinze me fatiguent à peine :
   Allons, recommençons, ma Reine !
   Glouton ! s'écria la Nonnain,
   Il te faudroit dix Monasteres.
Moi ! Glouton ! reprit-il : eh Mignonne !
    comment
   Nommeriez-vous donc mes Confreres?
   Je suis le moindre du Couvent.

LE MAL-AVISÉ,
COMPAGNARD.

MALGRÉ l'avis que j'ai donné n'a guere
A tous Epoux de ne pas coqueter,
Une leçon & saine & salutaire
    Ne sçauroit trop se répeter ?
    Mari ! piques-toi de prudence
    Si tu veux que ta Femme en ait !
    Veilles sur toi sans indulgence !
Si tu donnois exemple de constance,
    Ta sage Moitié le suivroit.
    Le redoutable Cocuage
A des autels ; mais pas tant que l'on dit :
    Je crois qu'il est plus d'un ménage
    Où ce Dieu n'a point de crédit.
    De l'Hymen, quoiqu'il soit le frere,
Freres souvent se sont mal accordés :
    Mais une imprudence légere
Plus d'une fois les a racommodés.
    Quelque peu qu'on veuille entre-
        prendre,
De Cocuage Hymen devient ami :
    Souvent encor quand un Mari
    A l'honneur du prochain croit tendre
De sûrs filets, c'est lui qu'on voit s'y prendre.

F

Qu'alors le bon homme est honni !
Ce Conte-ci va nous l'apprendre.

Messer Eustache, houbereau Villageois,
Tapis dans sa *gentilhommiere*,
Jadis, dit-on, avoit fait choix
De Femme belle & de bonne maniere.
Depuis deux ans, par le serment unis,
Ils habitoient ensemble la Campagne :
Lorsque le rustique Adonis
Se dégoûta de sa chere Compagne.
Que pareilles gens soient cocus,
Il est bien-là ; c'est œuvre bonne :
En fait de Cocus, j'en ai vus
Valans mieux qu'eux, & cent fois au-dessus,
Qui ne sont plaints cependant de personne.
Ceci soit dit, & rien de plus.
Madame avoit une Soubrette,
Jeune, bien faite, & fille de vertu :
Le Noble, pour tenter Nannette,
Avoit fait ce qu'il avoit pû :
Bien attaqué ; bien défendu ;
Ses efforts furent inutiles :
Maintes Suivantes en tel cas
Eussent été peut-être plus dociles ;
Mais il en est de difficiles :
La sagesse est de tous états.
Enfin l'entêté Gentilhomme,
Pour n'en avoir le démenti,
Promit bijoux, robes, & bonne somme ;

Si l'on vouloit lui faire un bon parti:
Tant que trouvant sa recherche importune,
   Nannette crut ne faire mieux
Que d'avertir de sa bonne fortune
   L'Epouse de notre Amoureux.
Madame Eustache, en Femelle prudente,
   Prit la confidence en riant:
   Et bien! dit-elle à la Suivante,
   Dans la grange donne au Galant
Un rendez-vous; & moi-même, à ta place,
   Sur la brune je m'y rendrai:
   Alors, ma Fille, je sçaurai
   Le tancer de si bonne grace,
   Qu'il n'aura plus pareille audace.
Fut dit, fut fait : on donne rendez-vous,
   Au Soleil couché, dans la grange :
   Dans la grange ! Soit, dit l'Epoux,
Et sur cela l'Infidelle s'arrange,
Et se promet les plaisirs les plus doux....
   Mais comme en ce monde tout change,
Du rendez-vous, lorsque l'heure sonna,
   Mons Eustache du nez saigna :
   Et voyant presqu'en sa puissance
Des appas dont il avoit souhaité
   Toujours en vain la jouissance,
   Le bon homme en fut dégoûté.
Du Dieu d'Amour, c'est-là le badinage :
   L'obstacle irrite le desir:
   Un Amant, flatté par l'image
   Qu'il se fait du tendre plaisir,

Veut le goûter, quoiqu'il en coûte:
Il est déja passé quand il le goûte.
Messire Eustache, en un mot, peu Galant
　　Dédaigna son bonheur présent,
　　　Au point que dans cette entrefaites
　　　Après quelques réflexions,
　　　A son Valet sur la Soubrette
　　　Il céda ses prétentions.
　　　Guillaume : lui dit-il, Nannette
　　　Dans la grange m'attend là-bas :
Si tu te plais au doux jeux d'amourette,
Vas à ma place y prendre tes ébats : . . .
Si je m'y plais! oui, parbieu, mon cher
　　　　　Maître,
　　　Répliqua Guillaume à l'instant ;
　　　Vous ne l'entendez autrement :
　　　Laissez! tout ira bien, peut-être :
　　　Et cela dit, comme un éclair,
　　　Au rendez-vous Guillaume vole.
　　　Or, ce Guillaume étoit un drôle
Frais, vigoureux, gros garçon de bon air,
　　　Qui, si-tôt qu'il fut dans la grange,
　　　Sans dire un seul mot, manœuvra
　　　La Belle qu'il y rencontra.
Madame Eustache, à l'accolade étrange
　　　Que lui donne notre Manant,
　　　Se prête d'assez bonne grace,
　　　Et s'imaginant bonnement
　　　Que c'est son Mari qui l'embrasse,
Pense devoir profiter du moment.

Autant de pris , fe difoit-elle :
Du moins, fous un titre emprunté ,
Au rendez-vous aurai-je profité
De l'ardeur de mon Infidelle :
Si bien que n'y cherchant façon ,
La bonne Dame y paffa tout du long.
Cependant notre Gentilhomme ,
Fort content d'avoir envoyé
A fa place Maître Guillaume ,
Rioit d'un tour fi bien joué :
Mais par hazard rencontrant la Soubrette :
Eh ! mon Dieu, cruelle Nannette !
Lui dit le Goguenard Epoux :
Tu n'es donc pas au rendez-vous ?
Non , Monfieur : mais , répondit la bonne
ame ,
Au lieu de moi vous trouverez Madame :
Elle attend.... Alors l'Houbereau
Court vers la grange , & crie à pleine tête :
Guillaume ! hola , ho ! ce n'eft pas Nannette.
Ma foi ! Monfieur, lui répond le Ribau ;
Nannette , ou non , l'affaire eft faite.

LA REMONTRANCE.

Deux Epoux, gens de bon ménage,
Depuis dix ans n'avoient eu même un seul
enfant :
Ils en defiroient ardemment :
Mais pourquoi fouhaiter lignée en mariage,
Ou telle chofe à l'avenant ?
Il n'eft rien de plus inutile :
Enfans femblent venir au rebours tout à
point :
En voudroit-on, l'on n'en a point :
N'en veut-on point, l'on en a mille.
Or un dodu Chanoine, ami de la maifon,
Faifoit croire au Mari que de toute fon ame
Il prioit Dieu dans l'Oraifon
Qu'il rendît féconde fa Femme.
Madame, à quelque tems de-là,
Au grand plaifir de tous, devint enfin en-
ceinte,
Et d'un garçon enfuite à bon terme accoucha.
Le dévot Couple attribua
Cet enfant à l'Oraifon fainte
Du Prêtre fi chéri de Dieu :
On dit que par moyen autre que la priere
A cet accouchement notre homme donna
lieu :

C'est un bruit : mais, du moins, pas n'é-
clata l'affaire :
Il étoit au logis traité comme un vrai pere.
L'enfant grandissoit cependant ;
Et le Personnage févere,
Le corrigeant un jour un peu trop vivement,
Le Mari dit en se fâchant :
Mon cher Monsieur, par saint Antoine,
Mon enfant est à moi : je n'en veux faire un
Moine :
Laissez .... Non, non, mon cœur ! dit la
Dame à cela :
Vous êtes un ingrat ; sans Monsieur le Cha-
noine
Notre Fils ne seroit pas là.

LE DORMEUR.

CErtain Seigneur étoit chez son
      Fermier,
Et caressoit la Femme du bon homme :
Messire Jean qui sçavoit son métier,
Faisoit semblant de dormir d'un bon somme.
Le Noble part : & son Valet, croyant
Que Jean dormoit, voulut aussi se mettre
A manœuvrer : Hola ! dit le Manant ;
C'est bien assez de dormir pour le Maître.

L'EMBARRAS DU CHOIX.

Jeune Pucelle ayant deux Amoureux,
Tant à son goût trouvoit ce couple d'homme,
Que prétendant les épouser tous deux,
A ce dessein elle écrivit à Rome.
Sur quoi : prenez, lui dit quelque Gaillard,
Celui qui mieux paroît mordre à la grape :
Et l'autre, après, pour le faire Cornard,
Besoin n'aura de dispense du Pape.

ÉPITRE

DE L'AUTEUR

A SA SŒUR,

POUR LE JOUR DE L'AN.

BON soir, ma Sœur, & bonne année !
Je te souhaite en ton pays
Une chance aussi fortunée
Que la mienne est triste à Paris !
Puisse bien-tôt un heureux Hymenée
T'unir au meilleur des Maris !
C'est-là te vouloir en bon frere
Un bien qui vient souvent trop tard :
On languit un peu : mais qui faire ?....
Cependant, quand tu seras mere,
Souviens-toi que, si par hazard,
Ton fils venoit aux rives de la Seine
Pour gober l'air que respirent nos Rois,
Il ne faut pas le laisser dans la peine
Qui m'accable depuis huit mois.
Chere Sœur ! il m'est impossible
De te la peindre comme elle est :
Apprends qu'une misere horrible
Fait de mon corps ce qu'il lui plaît.

Toujours mélancolique & blême,
Ma face annonce le Carême,
Toujours rongé par le souci,
Je ne me connois plus moi-même :
Vaut-il pas mieux mourir que vivre ainsi ?
Mon pauvre habit, victime déplorable,
Des caniculaires ardeurs,
Dans une vieilleſſe honorable,
De deux hyvers a bravé les fureurs :
Ancien témoin de mes malheurs,
Et compagnon de ma miſere !
Hélas ! ſon étoffe légere,
Dont l'âge a terni les couleurs,
Chere Sœur, maintenant à peine
Me met à l'abri des rigueurs
Du triſte Dieu qui fait gêler la Seine.
Si malheureux eſt mon deſtin,
Que quelquefois ſans pain le jour ſe paſſe :
Sans pain !.... vas-tu dire :.... oui, ſans
pain ;
Encor du Ciel eſt-ce une grande grace
Quand il m'en vient le lendemain ;
Le Soleil, avant que ma faim
Trouve de quoi ſe ſatisfaire,
Fournit ſouvent une double carriere ....
Mes bas jadis noirs, qui, dit-on,
Furent des Nôces de mon Pere,
Ne vont que juſqu'à mon talon ;
Et dans cette ſaiſon mortelle,
Mon pied tout nud loge dans un ſoulier,

Qui fut contraint le mois dernier
De laisser sa vieille semelle
A la porte d'un Savetier.
On n'a lavé mon unique chemise
Rien qu'une fois depuis l'été;
Et par les trous de ma culotte grise
On voit passer ma pauvre humanité:
Mon logement, qu'on dit chambre garnie,
Est nid à rats, juché dessous les toîts;
Et de leur tendre symphonie
Messieurs les chats m'y regalent par fois.
Une lucarne est ma fenêtre;
Une natte me sert de lit,
Ma couverture est mon habit,
Et ma chaise un vieux tronc de hêtre.
Voilà, chere Sœur, à la lettre
Comme en ces lieux ton frere vit:
Il patiente, & quelquefois il jure:
(On pourroit bien jurer à moins:)
La rigueur du froid qu'il endure,
Le fait jouer aux quatre coins,
Quand, dans sa chambre, il se croit sans
témoins.
Plaise bien-tôt au Ciel finir mes peines!
Ce sont-là les seules étrennes
Que je demande en bon Chrétien:
Traiteroit-il plus mal un Infidelle?
Non, fût-il même Algerien….
Mais la nuit tombe, & je suis sans chandelle;
Adieu, ma Sœur, portes-toi bien.

LE FERME PROPOS.

UN Mousquetaire au sacré Tribunal,
Le Mardi-Saint disoit sa ratelée,
Et de jurons le Pénitenr Paschal
Avoit déja sa coulpe défilée.
Ah ! quels péchés ! reprit le Confesseur :
En êtes-vous contrit au fond du cœur ?
Il ne faut plus renier de la sorte :
Promettez-moi :.... oui, je vous le promets,
Dit-il : morbleu ! que le Diable m'emporte,
Mon Réverend, si je jure jamais,

LE BUVEUR.

Un Créancier harceloit un Bûveur :
Il faut payer, ou venir en Justice,
Lui crioit-il : pour vous rendre service
J'ai fait, Monsieur, venir un Exploiteur ;
    Il vendra votre marchandise.
    Et vos nippes sans bruit.... Tant mieux,
Dit le Bûveur ; je n'ai qu'une chemise :
Qu'il la vende, & nous la boirons tous deux.

L'EPOUX A LA MODE.

CERTAIN Chevalier de bon ton,
Cocufioit un Epoux à la mode,
   Et donnoit feconde leçon
A fa Vénus, quand le Mari commode
   Tout-à-coup furprit fon gibier,
Et le trouva juftement dans le gîte....
Toujours galant, Monfieur le Chevalier!
   Dit-il, en fuyant au plus vîte.

L'AUMONE.

A L'huis d'un Couvent de Cithere,
Un Franciscain quêtoit beface au dos :
    Dieu vous aide ! dit la Tourriere :
Mon Réverend, laissez-nous en repos !
    Mais Dieu veut qu'on fasse l'Aumône,
Reprit le Frere.... Il parle en bon Chrétien,
    Qu'il entre, cria la Matrône,
Et prenne ses ébats pour rien.

LES DEUX SANTÉS.

A MONSIEUR DE R**.

M........... D. R..

C'Est une Muse & badine & légere
    Qui m'a fait rimer jusqu'ici ;
Mais à présent le desir de te plaire
    M'inspire, génereux R**.
    A tes bontés mon cœur sensible
    Voudroit pouvoir les meriter ;
    Mais un destin, toujours horrible,
Jusqu'à ce jour l'empêcha d'éclater.
    Sa timide reconnoissance
    N'ose se montrer qu'en tremblant :
    L'infortune, si rarement,
    Trouve un Ami dans l'opulence,
    Qu'afin de le rendre constant,
Sur ses bienfaits il faut le plus souvent
    Affecter un prudent silence.
    Tu n'es pas de ces Amis-là ;
    Un Malheureux peut sans rien craindre
    Paroître sensible & se plaindre ;
Tu n'en es moins génereux pour cela.
Apprends aussi que d'un secret hommage
    Mon cœur ne fut jamais content ;

Rien ne le flatte davantage
Que de publier ce qu'il sent. . . .
Mais parlons de cette aventure
Dont tu veux, aimable R**,
Que je trace ici la peinture :
Tu le veux : je le veux aussi :
Un Poëte est fort enclin à médire ;
Quand il mord on aime à le lire :
Tu sçais pourtant qu'en certain cas
Vérité n'est pas bonne à dire.
Si ce Conte-ci, dont pour rire
Tu m'as donné le canevas,
Regarde un Cocu d'importance,
Il ne s'en amusera pas.
Cependant en vain je balance ;
Tu l'ordonnes, & je commence.

Jadis à certain Financier,
Homme entendu dans son métier,
Fut mariée une jeune Pucelle :
Pucelle ! dira quelque Sot ;
La chose est-elle bien réelle ?
Maudit Censeur : Eh ! passons sur le mot !
Pucelle, ou non, tu nous la donnes belle :
Toujours est-il qu'à la premiere nuit
On la mit en œuvre pour telle,
Et qu'une fois pour tout cela soit dit.
Notre Epousée étoit aimable :
Beaux yeux, air vif, maintien char-
mant,

Teint de roses, gorge admirable,
Cuisse ferme, & le reste à l'avenant;
Le Financier la trouvoit adorable,
  Si bien que l'histoire fait foi
  Qu'il sçut la régaler en Roi.
  Las enfin, il dormit à l'ombre
  Des lauriers qu'il avoit cueillis:
On n'en sçait pas exactement le nombre,
  Nul Auteur ne nous l'a transmis:
  Qu'y faire? Mais, à mon avis,
  Dire que des efforts du Sire
  On fut satisfait: c'est tout dire.
La Belle aussi profitoit du sommeil
  A côté de son cher Athlete,
  Et déja l'Aurore étoit prête
D'enharnacher les chevaux du Soleil,
Quand le tonneau qu'on avoit mis en perce,
Ayant perdu son faucet par malheur,
Ne retient plus sa liqueur, & la verse
  Sur notre vigoureux Dormeur.
  Quelquefois un texte sans glose
  Met le Lecteur dans l'embarras:
  Ainsi, pour expliquer la chose,
  Madame pissa dans les draps.
  Le Joûteur s'éveille: il se leve,
Et va conter à la Mere son cas:
  C'est une habitude, & j'endeve
  Qu'elle ne s'en corrige pas,
Dit la Maman: mais elle est mariée,
  Guerissons-la de ce mal là:

De verges çà prenons bonne poignée,
Et fans pitié fouettons-la :
Pour la changer il ne faut que cela :
Allons, mon Gendre, allons, reprend notre
homme :
Nos gens partent de bon accord,
De l'Epouſée ils vont troubler le ſomme :
L'un tient les pieds ; & l'autre, ſans remord,
(C'étoit la Mere) au plus beau des derrieres
Oſe appliquer trente coups d'étrivieres.
On dit que la Belle en pleura,
Que le Voiſin ſe ſentit de l'outrage,
Qu'avec Hymen Amour en murmura ;
Qu'ils parlerent par-ci par-là
De s'adreſſer à Meſſer Cocuage....
Pour moi, comme eux, j'euſſe fait rage ;
Car des charmes tels que ceux-là,
Meritoient bien qu'on en fît autre uſage.
Très-mal en point la Nymphe ſe leva,
Là larme à l'œil, la rancune dans l'ame :
Or la rancune eſt un vice maudit ;
Et quand ſur-tout il poſſede une Femme,
Le cher Epoux tôt ou tard en pâtit.
Dans la chambre notre Mutine
Boude ſeule tout le matin :
Pour dîner on l'appelle en vain ;
A ne bouger elle s'obſtine.
Femme en courroux jamais ne dîne.
Certain Baron, homme du tems,
Héros fameux dans les ruelles,

Et Confolateur des Femelles,
Mangeoit ce jour-là chez nos gens.
On le pria d'engager la Boudeufe
A vénir faire à table fes honneurs :
Un Petit-Maître a l'ame génereufe :
Il va, la trouve tout en pleurs ;
Il s'attrifte par bienféance,
Il tient quelques propos flatteurs,
On lui répond par complaifance :
Il preffe tant, qu'on lui fait confidence
Du fujet de tant de douleurs.
J'ai juré même, ajouta l'Epoufée,
De ne fortir de ce lieu-ci
Que quelqu'Ami ne m'ait vengée
Du mauvais cœur de mon Mari.
C'étoit affez expliquer fa penfée :
Quand une Belle défolée,
Pour fon Epoux demande ainfi du bois,
Elle n'eft gueres refufée ;
Auffi, fans en faire à deux fois,
Notre Baron, d'une maniere honnête,
Dans le moment appointa fa requête.
Le Financier de cornes fut pourvu ;
Il en eut dofe raifonnable ;
Et quand dûment on le penfa Cocu,
Nos Champions vinrent fe mettre à table.
De les y voir l'Epoux étoit ravi,
Sa Moitié fut d'une gaité charmante :
Avoir joué quelque piece au Mari,
Doit, en effet, rendre Femme contente.

Par reconnoissance il fêta
Le Consolateur de sa Femme;
En s'égayant il le félicita
De son crédit sur l'esprit de Madame;
Puis, par trop d'ingénuité,
Aux Convives, d'un air maussade,
Ayant plein verre présenté:
A la santé du Cul-fouetté!
Dit-il, en avalant razade:
Alors, pour lui faire raison,
La Nymphe, tournant la prunelle,
Et trinquant avec le Baron:
A la santé du Cocu! répond-elle.

L'INTREPIDITÉ DU FROC.

UN Paillard enfroqué lardoit sa Péni-
tente.
L'Epoux surprit notre Couple amoureux ;
Mais l'autre n'en bourroit pas moins sa Pa-
tiente :
Lors au Ribaud le Mari furieux :
Tu vas mourir, dit-il, dans un supplice
affreux !
Quittes pourtant ta Monture, & dépêche !
Non, morbleu ! s'écria le Moine génereux :
S'il faut perir, perissons sur la brêche.

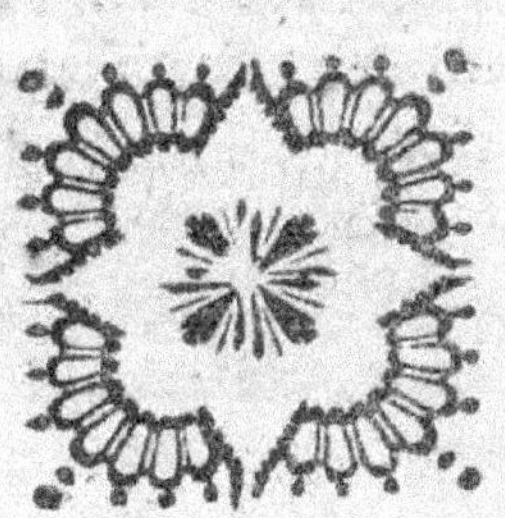

REMEDE A L'AMOUR.

MALGRE l'orgueil de l'humaine
Nature,
C'est quelquefois à de heureux hazards
Qu'elle doit ses plaisirs, ses talens & ses Arts;
   Témoin celui de la Peinture,
   Témoin le Conte que voici.
Au tems jadis un Amoureux transi
   S'étoit coëffé d'une Cruelle :
Flore (c'étoit le nom de notre Belle)
Du Soupirant n'avoit aucun souci ;
Le pauvre Gars l'en aimoit davantage :
   Mais comment de ses sots desirs
   Dissiper l'éternelle rage ?
   Gentil Amour faisoit tapage,
Et pour finir ce gênant badinage,
   Le Drôle vouloit des plaisirs :
   Dès ce tems-là c'étoit l'usage,
Pour les calmer, de remplir ses desirs.
Quel embarras! & quel moyen d'éteindre
   Ce feu dont il est dévoré !
   Un jour qu'étendu sur un pré
Il ne cessoit de gemir, de se plaindre ;
Il s'avisa de mettre voile au vent.
   Adonc voilà le Dieu Grotesque
   A gober l'air, & cependant

De redoubler son manege burlesque,
Langage obscur pour l'Amant rudoyé :
Lorsqu'un Frêlon, passant par aventure,
Voit de l'Amour l'étendard déployé,
Et vous lui fait une vive piquûre.
Le Berger crie ; & sur ce nouveau mal,
Vîte il apporte une main vengeresse,
Chasse d'abord le leger animal,
Frotte l'endroit où l'aiguillon fatal
Avoit porté la douleur qui le presse ;
Tant & si bien le remede opera,
Que de ses sens la Volupté maîtresse,
Vous le plongea dans une douce yvresse,
Dont le Berger mollement expira,
Et puis revint pour expirer encore ;
Car au remede il avoit pris du goût.
Faites la fiere à présent, belle Flore !
Le beau Berger sçait suppléer à tout :
De son secret je ne suis pas l'Apôtre,
Je ne dis pas qu'on y borne ses vœux ;
Mais, à dire d'Experts, il en vaut bien un
      autre :
Je le conseille aux Amans malheureux.

LA FAUSSE AGNÈS.

A Sa Moitié, qu'il croyoit être neuve,
Lubin difoit : De fi gentils ébats,
On le voit bien, Life n'a fait d'épreuve :
A ce jeu-ci, quoi ! n'aller que le pas !
Il faut auffi que la Femme s'émeuve ;
Et le plaifir à fon joli tracas,
Veut que fur-tout fon fexe s'affocie :
Bons Dieux ! dit-elle, on n'y répugne pas,
Mais on ne fçait que faire en pareil cas ;
L'un le requiert, l'autre ne s'en foucie.

LA DEVOTE PREVOYANTE.

Une Dévote, ayant un double cierge,
S'avançoit près d'un saint Michel :
Sa Fille accourt, & lui dit : Bonne Vierge!
Vous n'êtes pas avare pour l'Autel.
Deux pour un Saint ! Quelle idée est la
   vôtre ?
Mais, dit la Vieille, ils sont deux : que
   sçais-tu ?
Si celui qu'aujourd'hui nous voyons abbatu
Quelque jour, à ses pieds, alloit renverser
   l'autre,
Mon cierge alors ne seroit pas perdu.

LE JOUEUR A COUP SUR.

UN Prêtre des faux Dieux (& chacun verra bien
Qu'un pareil tour ne peut être Chrétien.)
Ce Prêtre donc, un certain jour de Fête,
Voulut avec son Dieu jouer à pile ou tête
A qui pairoit fille, pinte & fagot.
Mon offrande du jour est, dit-il, fort hon-
nête ;
Si le Dieu perd, elle paira l'écot.
Tête pour moi : la médaille aussi-tôt
Vole, revient ; mais tête qu'il demande
Ne paroît point, & le Dieu ne perd pas.
Que fait le Prêtre ? un bon & grand repas,
Avec Fillette experte aux doux ébats,
Boit du meilleur, & paye avec l'offrande.

ÉPITAPHE.

Cı gît l'impudique Clarice,
Cette Héroïne de coulisse,
Qu'on a vu Fille sans honneur
Avant qu'elle devînt Actrice,
Comme on est Bachelier avant d'être Doc-
teur.

ÉPIGRAMME.

Lorsque Rousseau, dans un Conte
gaillard,
Dit qu'en amour une jeune Novice
Vaut moins que Femme habile à l'exercice;
Je ne suis pas de l'avis du Paillard,
Et j'aime mieux un Tendron à séduire,
Que Prude experte en l'amoureux déduit.
Pourquoi ? pour ce que bien mieux vaut
instruire,
En cas pareil, que de se voir instruit.

LE SILENCE ÉLOQUENT.

AU Lansquenet quelques Joueurs per-
doient,
Mots Grenadiers & blasphêmes trottoient,
Le tout en chœur : fors un, à qui la perte
Sembloit égale, une main dans son sein,
Payant de l'autre, il avoit l'air serein.
Verges des Dieux ! ce qui me déconcerte,
Dit un Perdant, c'est ce beau sang froid-là :
Rien ne l'émeut ; apparemment qu'il a
D'un Publicain chez lui la caisse ouverte.
Eh ! non, Messieurs ; mon dernier écu va :
Puis leur tirant de dessous sa chemise
Ses doigts, chargés & de sang & de chair,
Que de son flanc il venoit d'arracher :
Amis, dit-il, chacun jure à sa guise.

LE GALANT
QUI FAIT SON SALUT.

POUR une dévote Pucelle
Certain Marquis avoit le cœur feru ;
Depuis deux ans qu'il traitoit avec elle,
Le saint Tendron n'accordoit rien au Dru.
Or ignorant la lune de la Belle,
Il alloit être un jour heureux Amant,
    Quand tout près de ce doux moment,
    Je me damne, dit la bonne ame :
Lui qui voyoit, de l'objet de sa flamme
    Le périodique accident,
    Lui répondit en s'enfuyant :
    Et moi, je me sauve, Madame.

LE DELICAT.

QUE craignez-vous ? difoit un Loyolifte
A certain Gars qu'il fuivoit à la pifte :
Quoi ! le péché vous fait-il tant de peur ?
Non, dit le Gars, c'eft la douleur.

L'HEUREUX JANSENISTE.

A Certain homme un Loyolifte un jour
Etabliffoit, par conftante maxime,
Que le péché mignon de Duchauffour,
Auprès de Dieu n'étoit compté pour crime :
Il le prouva par Sanchez, Efcobard :
A tout cela l'autre n'eut mot à dire :
Sur quoi voilà l'étincelant Cornard
Qui vous le happe, & lui veut introduire
Ce que fçavez : notre Sucube alors,
Prêt à fe voir entrer le Diable au corps,
Dit par hazard, qu'il étoit Janfénifte.
Vous Appellant ! vous fils de Lucifer !
En reculant, reprit le Molinifte,
Ah ! mon plaifir eût merité l'Enfer.

LE CARDINAL CANONISÉ.

ADVINT qu'à Rome, achevant sa car-
riere,
Un Cardinal, afin d'être fêté,
De tous ses biens fit l'Eglise heritiere,
Par quoi le Pape eut bien-tôt exploité
A Monseigneur un Bref de Sainteté.
Entre le grand Diseur de patenôtres,
Et les Parens, survinrent grands débats :
Lors il leur dit : J'ai fait Saint un des vôtres,
Et qui pourtant ne le méritoit pas.

H

LA FAMILLE A TALENS.

CERTAIN Blondin, d'esprit assez épais,
Vantoit par-tout les présens à lui faits
Sur certain point par la bonne Nature,
Et fier d'iceux exaltoit leur mesure.
Pour leur prouver qu'il ne mentoit en rien,
Il se montroit ; voyez, regardez bien :
Quelqu'un de vous a-t'il meilleur partage ?
Tous, d'une voix, lui cedent l'avantage.
Ceci n'est rien près d'un mien Oncle Abbé,
Dit-il, le Drôle est bien mieux partagé,
Mais d'en parler à présent il n'a cure,
Car le Paillard vise à la Prélature :
Pour mon Papa c'étoit encor bien mieux.
Homme ne fut onc si prodigieux ;
Jamais ne sçut, quelque effort qu'il pût faire,
En son vivant, entamer feue ma Mere.

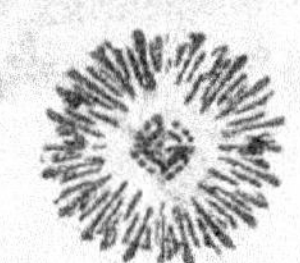

IL FAUT
QUE TOUT FINISSE.

Messire Alàin, fur fa Moitié,
Prenoit un jour les droits du Mariage :
On frappe, il faut quitter l'ouvrage ;
Et voilà le benêt fur pié !
Entre fon frere : & cependant notre Eve,
Que le ferpent avoit mife en fureur,
L'œil enflammé d'une lubrique ardeur ;
Je fuis à vous, dit-elle, je m'acheve.

FIN.

9 782329 255965